ファン文庫

帝都吸血鬼夜話

少女伯爵と婿入り吸血鬼

著　片瀬由良

マイナビ出版

content

序章

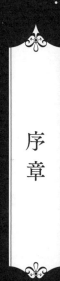

「おい。おまえは人か？」

やけに月の明るい夜だった。草むらにうずくまった男は、不意に降ってきた声にようやく意識を取り戻す。尊大な言葉遣いとは裏腹に、見下ろしてくるのは幼い少女。快活とも豪快とも見える、意志の強い瞳が印象的だった。十歳にも満たないだろう。着ている白地の着物も気にせず、血と泥で汚れた男の傍らにちょこんとしゃがむ。

「もう一度聞く。おまえは人か？　それとも、迷い込んできた野良犬か？」

「……どう見えるよ？」

血の気のない声で呻《うめ》くと、少女はカンテラの明かりを男にかざした。じっくりと三十秒ほど眺めたあと、赤味を帯びた髪を揺らせて小さく首を傾げる。

「随分と筋肉質な大男だ。六尺二寸（約百九十センチ）はあるな。肌は少し浅黒い……野良仕事でもしているのか？　年は二十と三十の間くらいか。随分と男前だが、腹から血が溢《あふ》れて止まらない。見たところ重傷にもほどがあるが、生きている。犬ではなかろうが、人にも見えない」

「じゃ、人じゃないんだろうな」

「しかし、化け物にも見えない」

「……人に化けてるだけかもしれんぞ」

「化け物はもっとこう……見た目が恐ろしくて、言葉が通じないものだろう。しかし、おまえは話が通じる。それに顔が好みだ」

驚きもせず淡々と評する少女は、興味深げに目を丸くしている。男は乾いた笑いを零して、冷えていく身体を自覚した。血を流しすぎた。すぐに獲物を狩らなければ、このまま朽ちるだろう。しかし、目の前の少女を襲う気はさらさらなかった。

「……そうかい。まぁ、放っておいてくれや。夜が明けたら消えてるからよ。お嬢ちゃんはお家に帰りな」

「家はここだ。おまえが我が家の庭に転がり込んできたんだ。庭にあるものはうちの物だ。おまえも今は、私の物だ」

「なに？」

力無く周囲を見回すと、なるほど。手入れのされた日本庭園だ。奥には立派な家屋が見える。灯りが灯るのは時間の問題だろうか。朝までなどと悠長なことを言っている場合ではない。這《は》ってでもこの場から去らなければいけない。しかし少女は凛と言い放つ。

「待っていろ。私が戻るまで死ぬな」

「おい……っ」

声を上げようとした拍子に、口から血が溢れ出る。思わず呻いている間に、少女は家屋へと消えていってしまった。追う気力などとうに尽きている。どうにもできずに、男は諦めて地に伏せた。湿った土の匂いを感じながら、低く悪態をつく。

「俺も運がねえな……」

脇腹から流れ出る血は止まらない。止血に押さえる力もない。〝普通の人間〟なら、とっくに死んでいるだろう。幸か不幸か、男はもう人間ではない。血を糧に生きる鬼になって百十年余り。不老不死だとも噂されるが、この命はもう尽きるだろう。

簡単な任務のはずだった。血族の裏切り者を抹殺する、ただそれだけだった。自分より格下だと油断があった。しかし裏切り者は今際《いまわ》の際、死んだと装って男の腹を太刀で貫き、絶命した。その遺体は血族の掟に則り、燃やして灰にした。人間には鬼の存在は知られてはならないからだ。それを見届け、本家へ帰るはずだった。それがどうだ。思ったよりも傷は深く、血が止まらない。月明かりに照らされた森を駆けている途中、不覚にも気を失った。気が付けば知らない場所に倒れていて、傷を押さえて伏せることしかできなくなっていた。多少の傷なら放っておけば勝手に治る。人間の血を吸い、その血に含む生気を取り入れれば、難なくだ。

だが目の前にいたのは子供だ。運が悪かった。

「子供は駄目だ……」

なによりも血族の掟に反する。子供を襲えばたちまち、男も裏切り者として追われる立場になる。かといって家屋に押し入り、大人を襲う気力もない。ちらと少女が消えた方に視線を向けた時、女中らしき大きな声が聞こえた。恐らく少女を追って庭まで出てきたのだろう。

「お嬢様！　こんな夜更けにどうされました⁉」

「物音がして目を覚ました。野良犬が怪我をしている。私が介抱するが、父さまには秘密にしてくれ」

「今度は犬ですか？　先日は確か、野良猫も保護しておいででしたのに」

「動物は私が好きなんだ。布と薬を持って行く。あと湯だ。ひとりで大丈夫だから、決して誰も来るなよ」

「ほどほどにお願いいたしますよ」

どうやら少女は本気らしい。ややあって、ひとりで戻ってきたのだ。両手にいっぱいに抱えているのは、薬品と巻いた木綿の布だろうか。

「傷を見せろ」

「……大人には言いつけなかったのか？」

「おまえはたぶん、人目をはばかる。おまえが助けを呼ばなかったのは、きっとそうなのだろう。それに弱き者を助けるのが強き者の務めだ。今のおまえは、助けがいる」

「ほぉ……お嬢ちゃんが強き者ねぇ」

「じっとしていろ。大人しく私に保護されておけ」

えらそうに言いながらも、手際は悪くなかった。男の傷に顔をしかめたが、手早く血を拭き取り、止血を試みる。

「手慣れてるな」

「こういうことは、まあまあある。動物が迷い込んできたり、家人が怪我をして帰ってきたり。見ていれば処置も覚える」

それでも、少女の小さな手に男の介抱は手に余る。布で縛り、なんとか血は止まったが問題はこの後だ。失った血は戻らないし、このまま朝を迎えれば男は陽光を浴びて動けなくなる。

「……お嬢ちゃん。野良犬に頼まれてくれるか？」

「どうした。水かエサが必要か？」

「……生きた鶏か、犬か猫か……調達できるか？」

「鶏なら飼っている。待っていろ」

ぶしつけな要求に疑問を抱かないのだろうか。少女は迷うことなく、小屋から鶏を持ってくる。暴れる鶏の首を捕まえて、男は躊躇《ちゅうちょ》なく噛みついた。生きるか死ぬかの瀬戸際だ。少女の視線など配慮する余裕はない。あっという間に血を吸い尽くし、ようやく人心地ついた。これで少しは傷も癒える。用は済んだとばかりに落とした鶏を、少女は抱え上げる。

「……血がない」

「血を吸う野良犬だからな」

「なら、何故私を襲わない」

「子供は狩らない」

「死にそうになってもか。決まりなのか？」

「それもあるが、そもそも矜持《きょうじ》だ。子供を襲うくらいなら死んだ方がマシだ」

男が言うと、不思議と少女は微笑んだ。

「ジェントルマンだな」

「じぇ……？　異国の言葉か……悪いが、西洋は嫌いでね」

「江戸《えど》も終わったこの時代にそうも言ってられないだろう」

「うるせぇ」

言い放った男にやはり笑ってから、抱えていた鶏の死骸に目をやる。

「肉は食えるだろうが……これは野良犬に食わせたのだ。証拠は消す」

　言ってその場に穴を掘り、鶏を埋める。

「おい野良犬、雨風がしのげる方がいいだろう。向こうに使っていない小屋がある。動けるか」

　願ったり叶ったりだ。陽光を遮《さえぎ》られるなら、この際なんでも利用したい。少女の案内に甘え、文字通り転がり込む。

「くっそ……こんなに動けねぇとはな。情けねぇ……」

「悪態がつけるなら大丈夫だな。明日、エサを持って様子を見に来る。いい子にしてるんだぞ、野良犬」

「……俺が怖くねえのか？」

「顔が好みだからな、恩を売っておくことにする。心配するな。誰にも言わない。私が必ず守ってやるからな」

　少女は笑い、小屋から出て行ってしまった。

「運が良かったのか？」

　小さく呟いて息を吐く。朦朧《もうろう》としていた意識が徐々にはっきりする。ようやく置かれている状況にも、冷静に目が届くようになった。

「子供にしては落ち着きすぎている。身元もわからない見知らぬ男を、普通匿うか？」

口元を拭って、なんとかその場に座り込む。思案するが、いかんせん情報が少なすぎる。諦めてため息をつき、男はがしがしと黒髪を掻いた。

「考えるのは止めだ。傷が治るまで大人しくしてるしかねえ。いつ他の人間に見つかるとも限らない……警戒はしておかねぇと」

眠るのも厭って神経を張り詰めるが、翌朝には少女がひとりで顔を出した。怯える様子もなく、鶏を持参してだ。人ならざる男の傷はたちまちに塞がり、三日を過ごした頃には立って歩けるようになっていた。黙って出て行くのは気が引ける。夜と少女を待って、男は立ち上がった。

「世話になったな」

ゆらりと背を見せる男を見上げ、少女は眉を顰《ひそ》める。

「帰るのか。せっかく懐いてくれたのに、それはそれで寂しいな」

「誰が懐いたよ。本当は礼をしたいところだが、あいにくなにも持ってねえんだ」

「なら、貸しだ。いずれ返してくれ」

しゃあしゃあと言い放つ少女をしばし見やってから、男は初めて目元を緩めた。

「……わかった。約束しよう。野良犬ごときでも、恩義は感じるもんだ」

男が言うと、少女は嬉しそうに笑った。あまりにも無邪気な顔に毒気を抜かれるが、男は「じゃあな」と口にする。

「おい野良犬。せめて名乗っていけ」

「……紫蜂《しほう》」

「紅蝶《べにちょ》だ」

紫蜂は見た目よりずっと律儀な性格だった。少女と——紅蝶と別れてから一ヶ月経った頃、何度か様子を見に庭を訪れた。しかし、借りを返そうにも紅蝶も女中も姿がなく、近所の人間から「引っ越したらしい」との噂を聞いた。

「なんだよ。貸し逃げか……？」

追う手段はなかった。それほど見事にもぬけの殻だったのだ。途方に暮れて、かつて自分を匿ってくれた小屋の前で座り込む。まるで狐につままれた気分だった。あの少女こそ、本当は人ではなかったのでは？　ふと浮かんだ考えに、紫蜂は自嘲する。

「馬鹿馬鹿しい。……まぁ縁があれば、また会うこともあるか」

それでも心に引っかかったまま、紫蜂は十年を過ごした。

第一章
野良犬と伯爵

文明開化と謳《うた》われて数年。蝋燭の明かりはガス灯に変わり、街には洋装の人々がちらほらと行き交う。だが、変化したのは人の生活ばかりではなかった。

京都《きょうと》の山奥深く、紫蜂は月光に照らされ飛ぶように走る異形《いぎょう》の影を追っていた。その日も、月が燦然《さんぜん》と輝く夜だった。獲物を追うには容易なはずだが、紫蜂の肌は緊張でぴりぴりとひりついていた。木々の枝を足場に夜を走りながら、並走する血族の有志に短く声を上げた。

「勇《いさ》んで手を出すなよ！　全員が集まってからだ！」

了解の声がいくつも聞こえる。その中からひとつ、先行していた仲間から伝令が飛んでくる。

「紫蜂さん、北の御堂に追い込めます！」

「……よし」

紫蜂の同胞は十五人。その中で最も古株である紫蜂が、指揮をとっていた。森の北、捨てられた堂の周囲には、すでに仲間が待機している。一同は堂々とした体軀の紫蜂の到着を認めて、少なからず安堵した。血族の中で紫蜂の力は抜きん出ている。紫蜂の手に余るようなら、もう対抗する手段はないと言ってもいい。そういう空気を感じ取り、紫蜂は音もなく大太刀を抜き放つ。同胞が全て集まったのを確認して、紫蜂は異形の影に一歩踏み出した。

「あんた、うちの家のやつらを喰ったな。報復だ。大人しくしてもらおう」

油断なく声を掛けるが、振り返った影は紫蜂を見て奇声を発した。

「男か！　男は嫌だ嫌だイヤだイヤダ。女か子供の血がイイ！　サッキミタイナ女がイイ！　柔ラカイ肉と血がイイ！」

白目と黒目が反転した目を見開き、やけに甲高い声と共に人型の影から歪な手足が伸びる。蟷螂《かまきり》にも似た手を大きく振り上げ、紫蜂に向かって切り掛かってきた。なんとか太刀の切っ先で受け流し、紫蜂は「くそ」と呪いの言葉を吐いた。

「……話が通じねえか。構わん、切り捨てるぞ！」

紫蜂の声を合図に、太刀を抜いた同胞が一斉に切り掛かる。だが、異形の手の一振りで三人が吹き飛んだ。返すもう一振りで、今度は五人。メキメキと嫌な音を立てて、異形の影から更に手が生える。それが撫でるような動きで一閃した後、紫蜂の隣にいた仲間が悲鳴を上げる間もなく、地面に打ち据えられた。瞬く間に惨劇が広がる。倒れ伏す同胞を喰おうとする異形に、紫蜂は太刀を振り上げる。だが異形は素手でそれを受け止めた。それればかりが刀身を握り、へし折ったのだ。

「なに!?」

目を見開くと同時に、蟷螂の手が飛んでくる。咄嗟にかばった腕は見事に切り裂かれ、紫蜂は血を吹き出して地面に転がった。それでも誰かが落とした太刀を拾い、異形の影に切りつける。確かに刃は異形の首筋に当たった。しかし、首を落とすどころか傷ひとつ負わせることもできない。息を詰める目の前で異形はまたも刀身を握り、紫蜂ごと投げ放つ。背を木に打ち付けられ、骨の折れる嫌な音がする。

「紫蜂さん！」

誰かが声を上げた。その声を合図に異形は空高く飛び上り、夜を駆けていく。

「オトコはいらない！　いらない！　女さがす！　コドモ探す！」

動ける同胞がすかさず追う姿勢を見せたが、紫蜂は声を絞り出す。

「追うな！　追っても太刀打ちできない……っ」

「紫蜂さん……！」

「……くそ。重傷者を優先して屋敷へ運ぶぞ。誰も死んでねぇな」

なんとかあたりを見回すが、血を吐く者、骨が折れあらぬ方向へ曲がっている者、息をするのもやっとの者。僅《わず》か一呼吸の間にさながら地獄絵図だ。まともに立てる同胞がいない。こみ上げてきた血を吐き捨て、紫蜂は異形の消え去った方角を見やる。

「駄目だ。噂の通り、俺達じゃ『羅刹鬼《らせつき》』には勝てねぇ」

羅刹鬼——そう呼ばれる鬼が出現し始めたのは、五年前のことだった。なんの前触れもなく、突如として現れた異質な鬼は最初、帝都東京《とうきょう》で人間を襲い血を奪った。

古来より、血を糧とする吸血鬼は日本に存在しており、『鬼』と呼ばれながら歴史の裏で人間と戦い続けていた。当初は吸血鬼の仕業と見なされ、対鬼の専門機関が速やかに動くことになる。しかしその誰もがことごとく返り討ちにあった。どうやらこれは、普通の吸血鬼ではないらしい。そう判断し羅刹鬼と呼称することになる。対応策を思案している間にも被害は増え、人間のみならず吸血鬼さえも犠牲になった。そして帝都に始まる羅刹鬼の出現は、とうとう京都の山奥にまで及んできたらしい。

羅刹鬼を追った紫蜂達には、すぐに救援が向けられた。十五人では荷が重い、紫蜂達の主はそう判断したのだ。やっとの思いで帰還すると、すぐに若い吸血鬼が走り寄ってくる。

「紫蜂さん、お館様《やかたさま》がお呼びです」

「お館様が？　今か？」

「はい。すぐに紫蜂さんを呼んでこい、と」

怪我は僅かずつだが治癒するものの、紫蜂自身も重傷だ。死者は出ていないにしろ、敗走の直後に呼び出しとは。それほど急を要することなのかもしれない。幸い、ひとりで歩けるほどには回復していた。

「……わかった。すぐ行こう」

軋む身体を抱えて、紫蜂は屋敷の奥へ向かう。案内されたのは客間として使う表座敷だった。声をかけて入ると、人影がふたつ。ひとつは座して湯飲みを抱える、白髪の少年だった。やってきた紫蜂の顔を見やり、次いで切り裂かれた腕に視線を送る。

「すまないね、紫蜂。帰ってきて早々に呼び出して。随分と手ひどくやられたな」

雪が降るような、切々と静かに語る声。十四、五の見た目とはそぐわない、落ち着いた口調だった。紫蜂は少年に一礼すると、「お館様」と呼びかける。

「……見ての通りだ。お館様が救援を送ってくれたおかげで、死んだ者はいないが……というか、客人がいるなら、せめて着替えてきたものを」

紫蜂はもうひとつの人影に目を向けた。こちらに背を向けたまま微動だにしない、線の細い小柄な人物だった。中庭に向いた障子を開け、外の様子でも見ているのだろうか。珍しい洋装のスカートに詰め襟の上着を着ている。その上から着物を羽織り、長い髪を結い上げているので女性だろう。壁に掛けてある見慣れない意匠の外套《がいとう》は、彼女の物か。だが主人は「気にするな」と笑い、紫蜂に座るように促した。

「それで、羅刹鬼と相対してみて……どうだった？」

土と血で汚れた着物を気にしながら、勧められて腰を下ろす。その拍子に胸の骨が軋んで痛んだ。これは折れていると察して、顔を歪める。

「文字通り化け物だ。十五人で追ったが……話にならない。鬼なんて生易しいもんじゃないぜ、あれは。切り掛かっても太刀が折れる始末だ」

「おまえほどの腕でもか」

顔を曇らせた主人に答えたのは、背を向けていた客人だった。

「お言葉ですが、吸血鬼十五人ではとても足りない。その十倍は欲しいところですよ。それに普通の太刀では無駄だ。せめて対羅刹鬼用に鍛えたものでないと」

凛と澄んだ声が振り返る。赤味の強い髪をまとわせたのは、驚くことに年若い少女だった。すらりとした体つきに強い意志の光が灯る瞳。妙な既視感を覚える。眉を顰めた紫蜂に、主人は笑った。

「おまえに客人だよ」

「俺の？　お館様の客じゃないのか？」

紫蜂の言葉に、彼女は苦笑を浮かべた。

「久しいな、野良犬。元気だったか？　……とは言い辛いな。大丈夫か？　おまえはいつも怪我をしている」

聞き覚えのある呼び名に、腰を浮かせる。

「紅蝶か……？」

「私もあれを追ってきたのだ。もっと早く着いていれば、そんな怪我などさせなかったのにな。すまない」

「……どういう意味だ？」

「怪我を癒やすのに血がいるだろう。もう子供ではない。ほら飲め」

言って紅蝶は、詰め襟を緩めて白い首筋を指さした。

「あのな……形振《なりふ》り構わず人を襲う、外道の鬼といっしょにするな。俺はな……っ」

「由緒ある千秋《せんしゅう》家の鬼だと言いたいのだろう？　おまえの矜持の高さは知っている」

「…………」

紅蝶の口から出る言葉に、しばし啞然とする。吸血鬼の存在は世間から秘匿されている。十年前に正体を知られているとはいえ、普通の人間の口から『千秋』の名が出てくることなどない。口調こそ変わっていないが、果たして同一人物だろうか。

「どうした、飲まないのか。それとも以前のように、鶏の血の方が好みか？」

「飲まねえよ」

「なんだ。残念だな」

紫蜂にその気がないことを悟り、紅蝶は落胆した様子だった。見かねて主人が、部屋の外へ声をかける。運ばれたのは小さな陶器の壺だった。酒瓶にも似たものから、とろみのある赤褐色の液体を杯《さかずき》に注ぎ、紫蜂は口にする。

「それが噂の合成血液か。おいそれと人間を襲うわけにはいかないから、鬼の一族は普段に飲む血を調合していると聞いた。なんの血だ？　牛か豚か？　それとも鶏か？」

「……なんでお嬢ちゃんが、こんなところにいるんだ。易々と人間が出入りするような場所じゃねえぞ」

納得のいかない様子を見て、紅蝶は「ふむ」と唸《うな》る。紫蜂と差し向かう形に座して、とんとんと畳を指で叩いた。

「鬼は血族ごとに『家』の概念を作り、いくつかの一族が存在する。ここはそのひとつ『千秋家』。京都を縄張りとする吸血鬼の一族で、当主はそこにおられる千秋残月《ざんげつ》殿。千秋家の鬼は全て、残月殿の血族と聞く。どうやら千年前から生きておいでとか……誠ですか？」

「嘘ではないね」

涼しい顔で湯飲みを仰ぎ、残月は素直に頷いた。

「私が紫蜂と出会ったのは、伏見《ふしみ》の屋敷だった。親の仕事で、一時的に住んでいたのだが……そこで出会った鬼ならば千秋家の者だろうと思い、捜していたんだ」

「……お嬢ちゃん、何者だ？」

ここまで事情に通じているなら、もはや部外者ではない。杯を摑む手に知らずに力が入る。途端に剣呑な雰囲気を出す紫蜂には構わず、紅蝶は続ける。

「四乃森《しのもり》家を知っているか？」

「対吸血鬼の一族だろ。それこそ千年前から続く、因縁の敵だよ。俺だって何度戦ったかわからない。恐ろしくしつこくて、ねちっこい奴らだ。目をつけられたら最後、地の果てまで追ってきて、どんな手段を使ってでも灰にしようとしやがる。この世で一番、嫌いな相手だ」

「そう嫌ってくれるな。私の名は四乃森紅蝶。現在の四乃森家の当主だ」

軽い調子で言い放つ言葉に、杯を取り落とす。そしてようやく、紅蝶の外見を観察する気になった。なんとなく座っているようだが、なるほど隙がない。外套の横に立てかけてある太刀も紅蝶のものだろう。比較的新しく見えるが、これは対吸血鬼用にあつらえたものに違いない。それに上着の詰め襟に、見覚えるのある意匠のボタン。四乃森家を表す、柊の葉だ。紫蜂は口元を引きつらせ、じっとりと残月を眺める。

「おい、お館様……なんで四乃森の人間なんか接待してんだよ」

「紅蝶殿は、別に無理矢理押し掛けてきたわけじゃない。ちゃんと礼儀を通して、前もって何度も何度も手紙をいただいていたんだよ。十年前に助けた鬼を捜していると」

「だからって、『はいそうですか』と、客間に通すやつがあるか」

「紫蜂を助けたというのは、本当のようだね」

他人事のように頷く残月に、紅蝶はにこりと微笑んだ。

「先ほどから申し上げていますよ、残月殿」

「待ってくれよ……選《よ》りに選って四乃森？　なんで俺を捜すんだ」

「おまえにとっても良い話だよ」

「良い話？　俺を四乃森に差し出す気か？」

冗談ではないと問い返す言葉には答えず、紅蝶は紫蜂の目をまっすぐに見つめた。

「羅刹鬼と戦うことになった、その状況を聞かせてもらえるか？」

手の内を話せ、と言われているも同義だった。ちらりと残月を見やるが、主人は頷く。

諦めて、肩をすくめて大きく息を吐く。

「……今日の日暮れ時、屋敷を出た千秋の女が三人、何者かに殺された。それも残らず血を抜かれて。ただの人間にそんな真似はできない。かといって、外部の吸血鬼に襲われたにしても一方的なやり口だ。千秋の鬼なら、抵抗くらいはできるからな。しかしその痕跡もない。となると、いよいよ羅刹鬼の仕業かと疑った。間もなく、血の臭いを追っていた同胞から連絡が入った。明らかに姿形のおかしい、妙な化け物が徘徊《はいかい》してると。羅刹鬼であることを前提に、俺は十五人を率いて追ったが……惨敗だ。手傷ひとつ与えられず、見逃すことしかできなかった」

「向こうが逃げたのなら運がよかったな。おかげでおまえは死なずにすんだ」

「いや……あいつはどうも、エサを探してる様子だった。男は嫌なんだと。女か子供が良いんだと口にしていた。まっとうな会話はできなかったが……放っておけば千秋の女子供をまた狙うだろう。吸血鬼がやりにくいなら、山を離れて人間の町へも行くだろうな」

「で、やつと戦ってどうだった？」

「どうもこうもない。まるで異質だ。同じ吸血鬼や、あんたら対吸血鬼専門の人間とも違う。力も速さも段違い。赤子扱いどころじゃない。虫けらも同然だったぜ。自分で言うのもなんだが、俺は千秋でも腕が立つ方だ。それでも、足止めすら厳しいだろうよ」

「おまえの判断は正しい。そう、まるで住む世界が違うんだ」

淡々と語り、紅蝶はすっかり冷めた湯飲みを手に取った。

「あんな化け物と、どうやって渡り合ってる？　お嬢ちゃんの口ぶりからすると、羅刹鬼と戦ったことはあるんだろう？」

「あるが、おまえと同じだ。これまで私が培った技術も技も通用しない。専用の武器を用いても、情けないことに数分の足止めがやっと。逃げ延びるのが精々の有様だった」

「四乃森でもお手上げか……」

「ここで取引だ、野良犬」

「……なに？」

訝しげに声を上げた紫蜂の前に、飲み干した湯飲みをとんと置く。

「私の父……先代の四乃森家当主は羅刹鬼と戦った。戦って何度も勝ったんだ」

「あんたの親父は化け物かなにかか？」

「ただの人間だ。だが、人間を化け物にする方法を編み出したんだ」

「……なんだそりゃ」

「『血誓《けっせい》』という」

言って紅蝶は、紫蜂の飲んでいた杯を空の湯飲みの隣に置く。

「人間同士でも駄目、吸血鬼同士でも駄目だ。人間と吸血鬼を組にして、誓約《せいやく》を結ぶ。魂と感覚を共有し、それぞれに恩恵をもたらすんだそうだ」

酒瓶から湯飲みと杯に、少し合成血液を注ぐ。次いで、急須からも緑茶を足す。混ざり合った液体は、随分と不気味な色をしていた。

「古来からそういう方法はあったらしい。陰陽師と式神、西洋なら魔女と使い魔。契約で縛り、互いの力を高めるということだ。それを人間と吸血鬼で行う。結果、羅刹鬼に対抗できるまでの能力を得ることができる。ひとつ、羅刹鬼に対抗できる速さを身につけられる。ひとつ、力負けをしない腕力を得られる。ひとつ、屋根の上へと飛び上がれるほどの跳躍力も持てる」

「本当か？」

「だが得ばかりではない。吸血鬼は組になった人間の血液しか摂取できなくなる。当然、人間の方は吸血鬼に血を提供し続けなければならない。痛みや傷も共有する場合もあるらしい。その代わり、吸血鬼は日光を浴びても動けなくなることはない。昼日中に堂々と外を歩けるようになるわけだ。しかし契約は絶対だ。破棄することはできない。どちらかが死んだ場合は、契約が切れるらしいが」

「……そんなことが可能なのか？」

「現に、父は吸血鬼と血誓を交わした。結果、幾度も羅刹鬼と渡り合った」

紅蝶は湯飲みを取り上げ、円を描くように振る。ふわりと混ざった液体に口をつけて、少し眉間にしわを寄せた。

「美味くはないな」

「その親父さんはどうしたよ」

「死んだ。血誓を交わせば無敵になる、ということはないらしい。そこはやはり、個々人の技量に左右される」

　さらりと言い放ち、杯を紫蜂に押しやる。

「四乃森家は代々鬼退治の家系だ。私も例外ではない。行く行くは誰かと血誓を交わし、羅刹鬼に対抗しなくてはと思っている。問題は相手だ。誰と血誓を交わすか……そう考えたら、私にはひとりしか思い当たらないだろう？」

「…………それで俺か」

「おまえは私に借りがあるな。それを返す時が来ただけだ」

「う……」

　しばし唸って、残月に視線を送る。

「良い話だろう？　おまえは借りを返し、四乃森家と繋がる。そうすれば今後、千秋家が四乃森に追われることはない。四乃森家の情報も共有できる。まぁ逆に、千秋の情報も流れるわけだけど……おまえにとっても悪い契約ではあるまい」

「まぁ……羅刹鬼と対抗できる力、ってのには興味あるが……」

目の前に置かれた杯をじっと見つめる。毒々しい色に混ざっていた液体が、少し沈殿して底に血液の層を作っていた。この杯を受け取るべきか。しばし悩んでいるそばから「おい野良犬」と呼びかけ、紅蝶はふたつに折った紙を滑らせてくる。

「もうひとつ、飲んでもらいたい条件がある」

「なんだよ」

「これに署名しろ」

「署名だ?」

雇用契約書の類いだろうか。面倒なことをすると舌打ちしたが、紙に書かれていたのは『婚姻届』の文字だった。

「は!?」

腰を浮かせた拍子に、杯が倒れる。中の液体がこぼれる前に拾い上げたが、もう一度間の抜けた声で「は?」と漏らした。

「私は華族だ。これでも伯爵の爵位がある。本来、女性は爵位を授かれないが、四乃森家は特例だ。血誓を交わしたあかつきには屋敷のある帝都まで一緒に来てもらい、共に鬼退治の日々だ。その際、ひとつ屋根の下で暮らすことになる。年頃の男女が暮らすとなれば、それはもう夫婦だろう。その方が体裁がいい」

「待て待て待て！　なんでそれが結婚になるんだ？　もっと他の体裁もあるだろう」

「夫でもない男と暮らすのはおかしいだろ。それともなにか。うちの下男にでもなるか？」

「お館様……！　百歩譲って血誓はいいとしてだな。四乃森と結婚ってのは駄目だろ⁉　おかしいだろ⁉」

「僕は別にそれもいいかなと思うけどね。いつまでも独り身でふらふらしているよりも、そろそろ身を固めた方がいいんじゃないかと常々思っていたんだ」

「だからって……四乃森だぞ⁉　それにこんな小娘と⁉」

　初めて、紅蝶はむっと眉を上げた。

「誰が小娘だ。これでも十六だ」

「十分、小娘だ。そもそもなんで俺なんだよ……っ」

「顔が好みだと、前に言っただろう。一目惚れだ」

「……！」

　にこりともせずに口にする紅蝶に、血の気が引く思いだった。本気か冗談か、全く判別がつかない。唖然とするも、残月の表情は平静だ。

「可愛い乙女心じゃないか、紫蜂。見目も麗しく、強い嫁だなんて。なにが不満だ？」

「相手は四乃森で人間だぞ。それにそもそも、俺が惚れてないってとこが問題だ。なんで好きでもない女と結婚しなけりゃなんないんだ」

「おまえの純情は、この際棚に上げておけ。僕からのお願いだよ、紫蜂」

感情のない目で睨まれて、今度こそ全身の血の気が引いた。当主というものは、紫蜂にとって親も同然だ。そしてここでは、親の言いつけは絶対である。それにここで暴れ出しても、紫蜂は手負いだ。千年続く千秋家の当主と四乃森家の当主相手に、善戦できるわけがない。無理矢理にでも血誓とやらを結ばせるだろう。息を飲んだ時、ぼそりと残月が零す。

「おまえが帝都に居を構えれば、捜し物も見つかりやすい」

「お館様……」

涼しい表情のまま湯飲みを仰ぐ残月を、しばらく見つめる。そうだった。紫蜂にはやらなければならないことがある。確かに帝都にいれば、四乃森の情報網を使えば、叶うかもしれない。言葉を詰まらせている時、部屋の外から慌ただしい足音が聞こえてくる。

「お館様……羅刹鬼が屋敷に向かっていると連絡が……っ」

一瞬の沈黙の後、残月が静かに立ち上がった。

「僕が行こう」

「無茶だ。いくらお館様でも……っ」

　思わず口にした紫蜂を、残月は目で制す。

「僕は千秋家の当主だ。親は子供を守る義務がある。手負いのおまえよりは時間を稼げるさ」

「子供が親を見捨てるはずもねえだろう。ここで退いたら、俺はお館様の子供じゃなくなっちまう。おい、お嬢ちゃん。あんたさっき言ったよな。『十五人じゃ足りない。その十倍は欲しい』ってな」

　軋む肋骨を抱えて立ち上がると、紅蝶は頷いた。

「言ったな」

「だったら俺が、百五十人分の働きをするまでだ」

「できるのか？」

「できるできないの話じゃねえ。やるんだよ。血誓なんて眉唾ものの奇跡より、信じられるのは自分の腕だけだ。俺にだって矜持がある。血族を逃がす時間くらい稼いでやる」

　残月はしばらくこちらを見やり、困ったように笑った。

「好きにしなさい」

「おうよ」

そう言って足早に残月と座敷を出て行く。紅蝶も厳しい表情で立ち上がると、その後を静かに追った。

*

屋敷の外は、すでに悲鳴と混乱に見舞われていた。挑みかかった吸血鬼が何人か倒れており、件《くだん》の羅刹鬼がその身体を踏み荒らしている。落ちている太刀を拾い上げ、紫蜂は声を上げた。

「女と子供と怪我人の避難が優先だ！　動けるやつは俺んとこに集まれ！　退路を確保するぞ！」

羅刹鬼を倒そうなどと欲を掻いてはいけない。なによりもまず、これ以上の犠牲を出さないことが重要だ。そう判断して、残月を振り返る。

「お館様は避難の先導を頼む。当主が死んだら千秋家は終わりだ。逆にお館様さえいれば、いくらでも復興できるんだからな」

「馬鹿を言うんじゃないよ。いの一番に僕が逃げて、なにが千秋家の当主だ」

若い同胞から手渡された太刀を手に、残月もそれを構える。言い出したら聞かない頑固な当主なのだ。紫蜂は苦い顔をして羅刹鬼に向き直る。いつの間にか、動ける鬼達がちらほらと集まってきた。

「正念場だぞ、おまえら。ここで踏ん張らなきゃ千秋は仕舞いだ！」

それぞれの応答の声を聞いて、紫蜂は先陣を切った。逃げ惑う子供を執拗に追いかける羅刹鬼との間に割って入ると、太刀を振り下ろす。羅刹鬼は蟷螂の腕でそれを受け止めると、先程と同じように力任せに振り払ってきた。すんでのところで躱したつもりだったが、胸元を大きく切り裂かれる。吹き出した血が顔にかかり、無造作に拭いながらなんとか一太刀。一撃、二撃と繰り出すも、難なく蟷螂の腕に弾かれてしまった。胸から溢れた血が手元を濡らし、柄を握る手を滑らせる。

その紫蜂を邪魔だと言わんばかりに、押し切ろうと羅刹鬼は腕を振り回す。折れた肋骨に構いもせず、なんとか太刀で受け止め蹈鞴《たたら》を踏んで耐え忍んだ。そうやって鍔《つば》迫り合いで時間を稼いでいる間に、同胞達が斬りかかる。しかし無事に一太刀を浴びせられた鬼はおらず、もう片方の腕の一薙ぎで三人が吹き飛んだ。

その拍子で甲高い音と共に砕け散った太刀が地面に落ちるよりも早く、残月が動く。素早く突いた太刀が、確実に羅刹鬼の喉元を捉えた。だがそれだけだ。貫くこともできずに、刃先は止まる。焦燥の色を濃くした残月は、再度振り上げた太刀で首元を狙ったが、それは素早く螳螂の腕で防がれた。同時にピシリと微かな音がした。

素早く見やると、螳螂の腕に小さなヒビが入っている。さすがは千秋家の当主。だが歓喜したのは束の間だった。残月の小さな身体は直ぐさま吹き飛ばされて、立木にぶち当たる。

そんな残月の姿を凝視して、羅刹鬼の白い瞳孔が大きく開いた。

「あぁ……コドモだ！　血をヨコセ……！」

螳螂の腕を振り回し、残月を追って羅刹鬼は突進する。力で押し負けた紫蜂も、砕け散った太刀もろとも吹き飛ばされ、地面に叩き付けられた。折れたのはもはや肋骨ばかりではない。血と共に呪いの言葉を吐き出した。

その目の前で攻防が繰り広げられる。残月でも避けきれる速さではなかった。太刀先で受け流すのが精一杯で、じりじりと後退を強いられている。できればこの場から……血族が逃げ切るまでは遠くへ羅刹鬼を離しておきたい。だが、下手に動けば他の血族が狙われる。その葛藤の間で、残月はこの場に留まる他なかった。一際強く腕を振るわれ、受け止めようと太刀を構える。幾度も振り下ろされた衝撃が蓄積し、ついに刀身が砕け散った。

「お館様！」

誰かが叫んだ。先程、打ち据えられた若い鬼だ。親である当主を庇おうと、その身を投げ出したのだ。邪魔だと言わんばかりに、蟷螂の腕が襲いかかる。その腕の鎌が、若い鬼の胸を刺し貫いた。紫蜂はその鬼の名を叫ぼうとした。だが口から漏れ出たのは、大量の血反吐だけだった。

駆け寄ろうにも身体が言うことを聞かない。手を伸ばすこともできなかった。目を見開く紫蜂の前で、次々に鬼が倒れていく。誰もが残月を逃そうとしていた。だが漏れなく腕も足も切り落とされ、血飛沫と悲鳴が交錯する。それを見ているしかできないのだ。

そうやって救援に駆け付ける鬼を助けるべく、残月は落ちている太刀を拾う。庇っているのは駆け寄ってきた鬼の子供だった。この間、七歳になったばかりの。それでも親を守ろうと、子供は必死なのだ。親がいなくては子供も生きてはいけない。

だから残月は動くことができない。防戦一方で、蟷螂の腕を防ぐので精一杯だ。間もなくあの太刀も折れるだろう。同時に残月が貫かれるのも明白だった。

「……お館様！」

紫蜂は必死に叫ぶ。残月も子供も死なせるわけにはいかないのだ。しかし視界の端から躍りかかる影があった。ひらひらと蝶のように袂をなびかせて、紅蝶が太刀を抜いて斬りかかったのだ。

四乃森の当主を名乗るのは伊達ではない。鮮やかな身のこなしで、太刀を一閃する。鈍い音と共に、螳螂の腕にヒビが刻まれた。実力は残月と同等、ということだろうか。だが切り落とすことは叶わず、ぐぐと鍔迫り合いになる。その隙に残月は立ち上がると、子供を抱えてその場を離れた。それを見届けて安堵したのだろうか。紅蝶の猛攻が始まった。腕力では無く、素早さが彼女の取り柄なのだろう。ひらひらと羅刹鬼の攻撃を躱し、確実に一撃を叩き込む。だが軽いのだ。致命傷を与えることができない。しかしどこかで見たような動きだ。妙な既視感がある。

そうしているうちに、小さな彼女の身体が宙を舞った。羅刹鬼に押し負けて、吹き飛んだのだ。紫蜂は舌打ちをして、身体に鞭を打ちなんとかそれを受け止める。

彼女の善戦はここまでだった。羅刹鬼は視界から消えた紅蝶を忘れたかのように、残月と共に居る子供に目標を定めた様子だった。

「……なんとも情けないことだ」

腕の中で紅蝶が呪いの言葉を吐く。

「どうする、野良犬？　見ての通りだ。私でもどうすることもできない。あいつを倒すことも、残月殿を連れて逃げることも、おまえの大きな身体を抱えて走ることもできないんだ。そして私も、ここから逃げ果《おお》せないだろう。千秋の女子供を逃がす時間稼ぎが精々だ」

「だから」と彼女は白い手を伸ばしてきた。

「眉唾ものの奇跡を信じてみないか？　でなければ、ここで千秋家が終わるぞ。必要なのは、おまえの返事ひとつだ」

まるで悪魔の囁《ささや》きだ。絶望に差し込む一筋の光であり、万に一つの賭けだった。目の前で失われていく同胞の命と千年続く千秋家の未来。天秤にかけるのは自分の待遇と小さな矜持だ。迷う時間もない。答えはひとつだ。藁《わら》にも縋《すが》る気持ちで、紅蝶の紅い目を覗き込む。

「……どうすればいい？」

「すでに用意は済んでいる」

言って紅蝶は紫蜂の腕から飛び出すと、懐から小さな白い杯をふたつ取り出し、こちらに放った。陶器でできたそれには、釉薬で経のような文言がびっしりと書き込まれてある。

「それに血を入れろ。数滴でいい」

切り裂かれた胸から溢れる血を拭って、ふたつの杯に擦りつける。それを見届け、杯を受け取ると紅蝶は抜き身の太刀で自分の手のひらを切りつける。白い杯に、更に血が降る。次いでガラスの小瓶を取り出して、墨のような液体を注ぎ入れた。血と混ざり合った瞬間、杯の中身は透明へと変化する。更に紅蝶は札を出して、杯の中に沈めた。どういう原理かはわからないが、紙の札は溶けて消えてしまう。それればかりが、杯に描かれた文言さえも、液体に流れて出て溶け出したのだ。面妖なものを眺める紫蜂の目の前に、杯をひとつ差し出す。

「飲め」

言うやいなや、紅蝶は白い杯を一息で飲み干した。紫蜂もそれに倣うが、不思議な液体はひどく甘かった。顔をしかめて杯を放るが、特になにかが変わった気はしない。

「……これで終わりか？　なんともないが」

「父はこうしていた。確かにどうということもないが……悠長にいろいろと確認している暇はない。これを使え」

そう言って、紅蝶は持っていた太刀を無造作に放ってくる。思わず受け取るが、紫蜂は眉根を寄せた。

「あんたはどうするんだ。丸腰だろう」

「いや。私にはこれがある」

羽織った外套の懐から、銀色の銃を取り出して見せる。紅蝶の顔の大きさほどもある、重厚な回転式拳銃。グリップには細かな意匠が彫り込まれていたが、どう見ても舶来《はくらい》の品だ。僅かに嫌な顔をする紫蜂に、紅蝶は小さく笑う。

「おまえは洋物嫌いだったな。不満はあとで聞いてやる。行くぞ」

紅蝶に手を引かれて立ち上がった瞬間、地面に叩き付けられる残月を目にした。子供を庇いながらも受け身は取れたらしい。ゆるゆると立ち上がる残月に摑みかかろうと、蟷螂の腕が振り上がる。その動きを、紫蜂は確かに捉えていた。先ほど対した時は、目にも見えない速さだったのに。素早く太刀を抜き放ち、駆け寄って異形の腕を受け止めた。

「お館様！　下がっててくれ！」

「……紫蜂。すまない、任せたよ」

素早く駆け寄った血族に支えられ、その場を離れる残月を見送る。受け止めた異形の力に、不思議と確信が持てた。切り落とせる。悟った瞬間、紫蜂は太刀を引いた。紙を切るように、すらりと肉を断つ。目の前でぼとりと落ちた腕に、羅刹鬼は理解できずに動きを止めた。だが次の瞬間、辺りに空気を震わせるほどの悲鳴が響き渡る。

「ああアあアァァぁー！　腕が！　腕がーっ！」

真っ赤な血を吹き出して暴れ出す羅刹鬼から目を離さないまま、紅蝶が静かに隣にやってくる。

「……どうだ紫蜂、やれそうか？」

「やれる。不思議と動きも見えるし、力で負ける気もしない」

「よし、動きを止めろ。片をつけてやる」

銃の撃鉄を起こしながら、紅蝶は羅刹鬼に叫ぶ。

「女子供がいいなら、ここにもいるぞ。かかってこい、この不細工が！」

あまりな言いようだが、どうやら囮を引き受けるつもりらしい。人影のいない方へと、紅蝶が大仰に躍り出る。追う羅刹鬼には、すでに状況を判断する冷静さはないようだった。猛然と向かってくる異形を難なくかわす紅蝶を視界に入れつつ、紫蜂は素早く動いた。身体がふわりと軽い。冷静に動きを見極めて、まず一太刀。紅蝶を捕まえようと伸ばす腕を、もう一本切り落とす。体勢を崩した隙に一閃。足の筋を断った。よろけて倒れ伏す異形の身体を、垂直に刺し貫く。

地面に縫い止めて動きを封じて、紅蝶に視線を送った。心得て頷いた少女は、重々しい銃を両手で構えて狙いを定める——と思いきや、銃を振り上げて羅刹鬼の頭に叩き付けた。銃の重さと恐らく血誓の契約からくる腕力で、頭蓋骨が派手に砕ける。更には、口の中に銃口を押し入れて躊躇なく引き金を引いた。

　一瞬の静寂の後、着弾した羅刹鬼の頭が内側から派手に弾け飛ぶ。まさか銃で殴りかかるとは思わなかったし、爆発四散するとも予想していなかった。まともに返り血を浴びて、紫蜂はしばし呆然と立ち尽くす。羅刹鬼が絶命したのを確認して、紅蝶は小さく唸った。

「ふむ。血誓前はとても重くて取り回せなかったが……今なら扱えるな。なるほど、大した威力だ」

「おま……銃は鈍器じゃねぇ！　撃て！　銃なら！」

「結果的に始末できればいいんだ」

　あっちこっちと銃口を向ける様子に、紫蜂は露骨に顔をしかめる。

「こっちに向けるな！　おっかねぇ武器だな」

「父が使っていた英国製の対羅刹鬼用の拳銃だ。純銀製の炸裂徹甲弾を六発装塡してある。この程度の羅刹鬼なら、一発で十分ということか」

「この程度？」

　聞き咎めながら、太刀を引き抜いて着物で拭う。

「これは小物だ。雑魚の中でも最下級だ。まともな会話ができなかっただろう？」

「……これでか」

「知能が高いほど強いと思っていい。つまりは強いやつほど冷静で頭が回る。厄介なんだ」

先が思いやられ、紫峰は大きく息を吐いた。これから先、こんな相手と戦い続けなくてはならない。しかし京都の山奥で隠れ暮らすより、いくらか気が楽かもしれないが。

いつの間にか、折れたはずの肋骨の痛みはすっかり消えていた。これが血誓の成果なんだろう。悪くはない。問題は、つつがなく夫婦生活が送れるかどうかだ。ちらりと紅蝶の横顔を見やると、こちらに気付いて彼女はにこりと微笑んだ。

「これからよろしく、夫殿」

「…………」

＊

「……これでいいか」

夫の欄に名前を書き、婚姻届けを無造作に投げる。受け取った紅蝶は、紙面を一瞥して頷いた。

「問題ない。戸籍や履歴はこちらで適当に用意する。まさか吸血鬼と結婚したと公表はできないからな。人間らしく振る舞ってくれ」

「はいよ」

「随分と素直だな。もっと駄々をこねて汽車に乗せるのにも苦労すると思っていたが」

「俺は子供か？　それに、お館様の『お願い』は絶対だ。拒否すれば、漏れなく一族追放だよ。はぐれて生きていけるほど、世間は甘くねえだろ」

浮かない顔で、紫蜂は車窓を眺めた。とは言っても、乗り込んだ車両の窓は全て、厚い布で覆われている。日光を嫌う吸血鬼の為に、四乃森は一等車両を丸ごと貸し切ってそういう処置をしてくれた。汽車を見るのも乗るのも初めてだった。こんな鉄の塊が轟音を上げて走るなどにわかに信じられないが、もっと信じられないのは向かいの席に座るのが自分の妻だという事実だ。紫蜂を気遣って日光を避けてくれるほどには、優しいのだろうが。死んだ目をする紫蜂を眺め、紅蝶は苦笑する。

「私との血誓は不服か？」

「血誓は別にいい。時間がなかったとは言え、納得してる」

「では、結婚が不満か？」

「当たり前だ。なにひとつ喜べる要素がない」

「残月殿の指示で渋々なのはわかるが、そんなに嫌がられるとは思ってなかったな。せっかくだ、おまえの不満を聞いてやろう」

いちいち、言い方が偉そうである。嫌そうな顔を隠さず、紫蜂は肩をすくめた。

「強いて言えば、その武器と格好だ。あの四乃森まで、こうも西洋気触《かぶ》れだと思わなかった。……てことは、俺もそんな格好をしなくちゃならんのか、と考えるわけだ。想像するだけで背筋が寒くなるぜ」

「洋装は動きやすいぞ。すぐに慣れる」

「本気かよ……」

「おまえは優しいから、本音を言わないだろう。だが当ててやろうか？　西洋気触れの見てくれはこの際、目を瞑ろう。しかし女だてらに当主だ伯爵だと名乗り、銃を振り回す女房は一体どういう神経をしているんだ。実に可愛げがない。女は大人しく家に籠もって家事と育児だけをしていればいい。男のやることには小賢しく口出しするな。こんなところか」

「あのなぁ」

「そういう人間が大半だ。華族の世界も男社会だからな。だがな、そんな価値観はすぐに終わる。これからは女が活躍する時代だ。私のような人間が、これからどんどん出てくるぞ。今のうちに慣れておけ」

「……俺は別に嫌いじゃないぜ。吸血鬼や羅刹鬼に立ち向かう姿勢と勇気は、認める」

「ほぉ」

初めて、紅蝶が驚いた顔をする。

「だけどな、羅刹鬼を銃で殴り倒すのはどうかと思うぜ。男とか女の問題じゃない。いきなりの初陣、自分の力量もわからねぇ状況で無謀だ、あれは」

「なるほど。おまえは心配してくれたんだな」

「心配じゃねえ、忠告だ。これから肩を並べて戦おうって仲間に、先走って怪我でもされちゃ夢見が悪いだろうが」

「よし、わかった、今後は自重しよう。これからは大人しく、おまえの背後から銃を構えることにする。私も今では人妻だ。夫の顔を立てなければな」

「どの口が言ってんだよ」

まったく食えない。ため息をつく紫蜂に、紅蝶は笑うばかりだ。

「この結婚は契約だ。そう割り切ってくれ」

「決まったことにぐちぐちと文句を言う気はない。それより、もっと羅刹鬼の情報が欲しい。こっちはなにも知らないも同然だからな」

「そうだな」と紅蝶は腕を組む。

「吸血鬼と羅刹鬼を見分けるのは、目だ。羅刹鬼は白目と黒目が反転している。しかし普段はその目を隠して、人間社会に溶け込んでいる羅刹鬼もいる。隠れて悪さをする奴らを引きずり出して、始末するのが今の四乃森家の仕事だ。とはいえ、私が討伐できた羅刹鬼は先日のアレだけだ。大した実績はないから、あまり期待しないでくれ。父が倒した羅刹鬼の記録は書面に記してある。あとで目を通してくれ」

「血誓前と後ではなにが違う？　専用の太刀や銃じゃないと駄目なのか？」

「羅刹鬼には結界のようなものがあるらしい。血誓を結ぶと、その結界を突破することができるんだそうだ。我々は今や普通の太刀や銃でも損傷を与えられるが、専用武器よりはやはり劣る。できれば武器を常備しておいた方がいいが、無理なようならそこら辺の棒きれでも拾って殴りかかれ。奴らの頭を叩き潰せれば、我々の勝ちだ」

真顔で、随分と乱暴な物言いをする。もはやこういう性格なのだと、受け入れるしかなかった。諦め顔の紫蜂を、紅蝶は軽く指差す。

「おまえの武器も用意しよう。なにが好みだ」

「太刀がいい。銃はやはり頼りなくていけない」

「長さや重さも細かく注文してくれ。専門の鍛冶職人に打たせる」

「痛み入るね。で、これは契約なんだろ。それで、四乃森は俺になにをしてくれるんだ？」

「おまえの身柄を引き受ける代わりに、千秋家に対羅刹鬼用の武器を提供する。もちろん情報もだ。羅刹鬼に怯えて暮らさなくてもいいようにな。身を守るくらいには役に立つだろう。もちろん必要となれば、我々も出向く」

「なるほど」

これは千秋家の存続を賭けた取引だ。残月が応じるはずである。とはいえ、取引の道具に都合よく使われたとは思っていない。行く行くは残月の許可を得て、千秋の屋敷から離れようと思っていた。それを知って、紫蜂を四乃森に預けたのだろう。ならば、紫蜂のやるべきことは決まっている。

四乃森の仕事を遂行しつつ、『零泉《れいせん》』の行方を捜す。それだけだ。

＊

列車は日が暮れた頃に帝都に着いた。血誓を交わし、日光に焼かれない身体になったとはいえ、浴びて気持ちいいとは思えない。夕暮れに染まる空を見て、紫蜂はようやく人心地がついた。そこから馬車に乗り四乃森邸に到着したが、その光景に紫蜂は項垂れるしかない。

「ここは……西洋の城かなにかか？」

豪奢な洋館を前に立ち止まった紫蜂の手を、紅蝶は強引に引く。

「いちいちその反応では疲れるぞ。いいから入れ。今日からおまえの根城だ」

「本気かよ……」

大きな扉を開けると、吹き抜けのホール。大きなシャンデリアが眩しく輝き、二階へと続く階段の手すりが光沢を放っていた。まだ真新しい木の匂いから、新築だと判断できる。どうやら四乃森家は、こんな屋敷を易々と建てるほどの財力を持っているらしい。頼もしいやら恐ろしいやら。道理で千秋家に武器の供給ができるはずだ。あらゆる輝きに目が眩んでいると、奥から足早に誰かが駆けてくる。

「お帰りなさいませ、お嬢様」

現れたのは、藍色の着物に白いエプロンの女性。紅蝶より少し年上だろうか。そばかすの浮いた顔にはにこやかな笑みが浮かんでいるが、紫蜂を油断なく伺っている節もある。気にも留めず、紅蝶はさらりと言い放つ。

「これが夫だ」

「さようでございますか。はじめまして、旦那様。女中の色葉《いろは》と申します」

『旦那様』という呼びかけに、膝から崩れ落ちそうになった。

「……俺がなんだかわかってるのか？」

「お嬢様の夫になられた、千秋家の吸血鬼でございましょう？」

「わかってるのかよ」

疲れた声で呟く。しかし色葉の目には、明らかに警戒の色が浮かんでいた。頭ひとつ分以上は高い紫蜂の頭の先から、足下までじっくりと眺め、眉間に皺を寄せて紅蝶を振り返る。

「お嬢様……本当に大丈夫でございますか？　吸血鬼でございますよ？　図体ばかり大きく……粗野な男にしか見えません。お召し物も田舎臭くて、そこら辺のゴロツキと何ら変わりないではありませんか」

ひどい言われようである。反論する気も失せていたが、紅蝶はにこりと笑う。

「私が選んだ男だ。こう見えても優しいぞ」

「はぁ……お嬢様が良いとおっしゃるなら……」

嫌々といった様子で紫蜂を一瞥し、紅蝶の外套を受け取る。どうやら歓迎はされていないらしい。紅蝶は苦笑する。

「四乃森の女中だ。吸血鬼の対処は心得ている」

「……だろうな。四乃森家ってのは、四乃森の本家や分家だけじゃなく、雇った人間も含めての勢力だ。ただの素人には務まらない」

「今のところ、この屋敷の使用人は色葉だけだ。おまえの身の回りの世話に数が必要なら、他に雇用も考えるが」

「いらねえよ。自分の世話くらい自分でできる」

答えてから、ふと気付く。

「……その女中だけだって？　ここは四乃森の本家だろう。戦えるのは、ここにいるお嬢ちゃん達ふたりだけなのか？」

「そういうことになる。いろいろと理由はあるんだが……早急に戦力が必要なところなんだ。おまえが来てくれて助かったよ。男手があると頼もしいものだ」

「四乃森家って言えば、対吸血鬼組織の最大勢力だろう。なのにふたり……？」

「……追々話すさ。おまえ、食事は？」

「人間の飯は必要ない」

「食べられないわけじゃないんだろう？」

「食っても血肉にはならん。味を楽しむだけの道楽だ」

「なら、明日からは道楽に付き合え」

「なに？」

「人間らしい生活をしてもらうぞ。表向き、おまえは四乃森に婿入りした男だ。まずは朝に起きて、私と共に朝食だ」

羅刹鬼と戦うより、こちらの方が余程手強い気がした。天を仰いで、紫蜂は唸る。

「そりゃ、楽しそうだな……」

「血は？」

「今はいらない」

「そうか？」

やはり紅蝶はどこか残念そうだった。首筋に噛みつかれ、穴を開けられて血を吸われるなど、楽しいはずがないだろうに。

不思議に思いながらも、二階に用意された紫蜂の私室に案内されて絶句する。黒光りする木製のデスクに大きな椅子、革張りのソファが置かれた豪華な部屋。そこから続く寝室には、大柄な紫蜂がふたりは寝られるほどの寝台が備えてあった。

「勘弁してくれ……」

「畳に敷いた布団で寝たい」と訴えるもすげなく却下され、問答無用で猫足のバスタブのある風呂場に放り込まれた。英国から輸入した石けんを使えと指示をされれば、それに従うしかなく、夜半過ぎには泣きたい気持ちを抑えながら、寝台で丸くなるしかなかった。

*

その夜、紫蜂は久しぶりに夢を見た。見たくもない過去の記憶。

雪が降りしきる冷たい夜だった。見渡す限りの白銀の世界で、紫蜂は倒れ臥して夜空を見上げていた。しかし空に輝く星のひとつひとつよりも強く目に映るのは、雪上に散らばった小さな砂糖菓子だ。赤に緑、黄ととりどりである。仄《ほの》かな月明かりを受けて、何故か輝いているようにも見えた。

紫蜂が手を伸ばした先に、子供の小さな手が力なくあった。その手からこぼれ落ちた菓子はゴツゴツした小さな砂糖の塊で、星のようだと言われればそう見えなくもない。

「おい……生きてるか？」

声を出すのもやっとだった。紫蜂の身体には無数の刀傷が刻まれ、血が溢れて止まらない。雪原を染める血にも構わず手を伸ばすが、紫蜂に応える声はない。すでに子供は事切れているのだから。

東京がまだ江戸と呼ばれていた時代、『角狩衆《つのがりしゅう》』という組織があった。公的なものではなく、あくまで個人が出資する私的な機関。その目的は鬼を狩ること。

古来より人間の血を吸って生きる人間に似た生き物は『鬼』と呼称され、いつでも時代の裏に潜んでいた。それに対抗する為に密かに集められた人間は、日本全国に派遣され、ただひたすら鬼を滅する任務を与えられる。

紫蜂もかつてはそのひとりだった。鬼は忌むべき存在で、須《すべから》く人間に害を為す醜悪なものである。そう信じて疑わなかった、その日までは。

「冗談は止めろよ。生きてるだろ……鬼なんだからよ」

そう言った途端、口元から血が溢れてくる。血の気が引いていく音が耳の奥で聞こえ、目の前がうっすらと白み始めた。身体が冷え切って凍ってしまいそうだ。それでも紫蜂は言葉を続ける。信じたくなかったからだ。助けようと思った命が失われた事実と、無力だった自分と、今から死んでいく運命が。

「それ……なんて言うんだ。その菓子は……」

ヒューヒューと喉から息が漏れていく。何度も聞いた、死に行く者が出す最期の呼吸。

もうこれ以上は無理かと力なく目を閉じた時、その声は聞こえた。

「金平糖と言うんですよ」

しとしとと雨が降るような、どこか寂しげな声だった。かろうじて目を開くと、いつの間にか男が立っていたのだ。濃紺の着物に霞色の羽織を着た、すらりと背の高い男だった。歳は二十代の半ば頃だろうか。女性と見紛うような整った顔立ちで、長い白髪がしっとりと雪に濡れている。どこか薄弱な佇まいで、今にも夜の闇に溶けてしまいそうだった。

「……あんたは、鬼だな」

喘鳴と共に尋ねたが、男は答えないまま子供を抱き上げた。その拍子にまたぱらぱらと、金平糖がこぼれ落ちる。

「我が家の子がお世話になりました。あなたはうちの子を助けようとしてくださったのでしょう？　角狩衆なのに」

答える気力のない紫蜂に構わず、男は子供を抱えながら、落ちている金平糖をひとつひとつ丁寧に拾い上げている。とても醜悪な生き物には見えない。何故だろうか。

「これは異国から伝わった菓子ですよ。出島に船が来るでしょう？　京《きょう》にも舶来の品がよく届きますが……うっかり私が話してしまったんです。星のような菓子を食べてみたいと駄々をこねてしまって。どうにか手に入れてあげればよかったのですが、我慢をさせてしまいました。だからこの子は、人間の家に盗みに入ってしまった。そしてあなた達に追われてしまったのですね」

男の言うとおりだ。不審な子供が屋敷に忍び込んだと通報があったのだ。たまたま京で別任務を終えた紫蜂の隊が向かうこととなったが、どうにも解せない。

追ってはみたが、鬼とはいえ相手は五歳ほどの子供ではないか。盗みと言っても、小さな菓子が一摑みだという。鬼はことごとく滅せよ、という角狩衆の方針だがこればかりは見逃してもよいのではないかと思ったのだ。屋敷の主人も過敏になりすぎである。金はあるのだから、菓子のひとつやふたつくれてやればいいのに。

そもそも子供の鬼を見ること自体が初めてだったのもある。生き血欲しさに人間に害を為す鬼は何十人と狩ってきたが、どれも化け物と呼んで差し支えない生き物だった。遠慮も容赦もする必要はなかったし、それが世の正義であると信じてきた。そこにきて、一摑みの菓子を盗んだ子供である。拍子抜けだ。

しかし隊の面々は鬼に対する慈悲を持ち合わせていなかった。皆、親兄弟を鬼に殺された恨みもある。子供といえども容赦はしないという姿勢だったのだ。

渋々追い詰めたところで、子供は泣き出した。菓子は返すから命は助けてくれと両膝をついて懇願してきたのだ。それで紫蜂はすっかり毒気を抜かれてしまった。

子供を逃がそうとした画策を咎められ、仲間から刀を向けられた。角狩衆の裏切り者として。多勢に無勢だ。目の前で子供も斬られた。情けないことに、ただただ無力だったのだ。それを噛みしめながら死んでいくのだろう。

「悪かったな……助けられなくて」

絞り出すようにそう言うと、男は静かに目を細めた。

「あなたは優しい人ですね。そういう人が傍に居てくれると嬉しいのですが……どうです？　あなたに選択肢をあげましょう」

「選択肢……？」

「このまま死ぬか、鬼になるか」

「鬼に……」

男は白い手を差し出してくる。

もう意識が薄れていく。そこへ不意に現れた一筋の光明だ。掴むべきか諦めるべきか。

角狩衆として今まで誇りを持って戦ってきた。死ぬ時はきっと、仲間を守り奴らの手にかかって殺されるのだろう。そう思ってきた。

しかし現実は冷淡なものだ。ちらりと覗いた親切心のために、裏切り者として背中から斬られた。自分の中にあった価値観が砕け散った思いだった。これまで化け物と蔑んできた生き物は目の前で大事そうに子供を抱え、仲間だと信じてきた人間は振り返りもせずに立ち去って行ったのだ。

なにを信じて良いのか、もはやわからなくなった。総じて言えることは、己は無力であったという事実だけ。子供を助けることもできず、角狩衆としての役目も務められない。自分の人生とは、一体なんだったのか。この命は無価値で無意味だったのか。何ひとつ報われないまま終わるのだろうか。

(嫌だ……死にたくない、死にたくない……)

だが鬼になれば……これまで狩ってきたはずの鬼になれば、いくらか救われるのだろうか。この命に意味を見出せるのだろうか。

この時にあったのは、このまま無為に死にたくはない。その一心だった。

「――な……る」

乾いて張り付いた喉の奥で、言葉が漏れた。すると男は穏やかに微笑んだ。

「千秋家へようこそ」

＊

紫蜂が目を覚ますと、目の前に小さな手があった。いつか助けられなかった子供よりは大きいが、随分と白い。思わず触れてみると、確かに拍動があり血が通っている。生きていることにほっとして、ようやく周囲を確認してみる気になった。

寝ていたのは大きくて豪華な寝台で、窓には日を遮る為の窓掛け——カーテンがある。少し開いて陽光が差していることに気付いて、完全に覚醒した。

吸血鬼は須く日光を嫌う。残月ほどになれば陽光の下でも出歩けるが、弱い個体ともなれば燃えて灰になる。紫蜂はかろうじて日中も動けるが、その能力のほとんどが人間以下だ。おまけに日に当たった肌はじりじりと焦げるように痛み、進んで浴びたいものではない。自分の手のひらを眺め、閉じたり開いたりしてみる。痛みはない。これが血誓の効果だろうか。

すると自分の手のひらの向こうに、赤い髪が見え隠れする。嫌な予感がして布団を剝いでみると、

「おはよう、夫殿」

そう声をかけたのは、いつの間にやら添い寝をしていたらしい紅蝶だった。触れていた手は彼女のものだったらしい。反射的に振り払い、半眼で紅蝶を眺める。

「寝台は嫌だとかぎゃーぎゃー騒いでいたが、朝まで熟睡じゃないか」

「……人の寝所でなにやってんだ」

「もちろん、愛しい夫殿が太陽の光で灰になってやしないかと心配で見に来たんだ。大丈夫そうだな、今日もいい顔だ」

言って、ぺちぺちと紫蜂の頬を叩く。

「あのな……吸血鬼でも男だぞ」

「固いことを言うな。夫婦だぞ。ああ、おまえ……顔もいいが、身体も魅力的だな。腹筋が見事に割れて――」

無言で紅蝶の首根っこを摑むと、そのまま部屋の外へ放り投げる。見よう見まねで鍵をかけたところで、外からどんどんと力強くドアを叩く音が響く。

「嫁を閉め出すやつがあるか」

「うるせえ！　もう少し慎みを持て！」

「そういう保守的な考えはもう古いんだぞ。これからは女性が活躍する時代だ」

「あんたは些《いささ》か革新的過ぎるんだ！　もっと控えろ！」

「注文の多いやつだな……まぁいい。着替えたら食堂に来い。楽しい道楽の時間だ」

そう残して階段を下りる音が聞こえた。

「着替え……」

部屋を見回すと、椅子に洋装と和装の着替えが置いてある。迷わず和装を手に取って、脱いだ着物を寝台に投げつけた。

しかし異国の洗礼はこれだけに留まらなかった。階下の食堂に向かうと、やたら大きくて長いテーブルに、椅子が整然と並べられている。すでに着席していた紅蝶からそこに座れと指示されれば、大人しく従うしかない。

色葉が手慣れた様子で配膳したのは、見たことのない料理ばかりだった。

「びいどろの湯飲み」

「ガラスのコップだ」

「なんだこの生臭い白い汁」

「牛乳だ」

「ぐちゃぐちゃの卵」

「スクランブルエッグだ」

大きな洋館にある食堂は摩訶不思議な場所だった。人間らしい食事など、ここ百二十年はまともにしてこなかった紫蜂にとって、まるで別世界である。白い器に盛られた不思議な料理の数々を前に息を呑む。両側に置いてある銀の匙はなんだろう。聞くとスプーンとかフォークと呼ぶらしい。どう使うのかわからない。

椅子に座り、微動だにしない紫蜂を見やって、紅蝶は持っていたフォークを振った。

「おまえはいつの時代に生きているんだ。世は明治だぞ」

「麦飯と味噌汁をくれ。あと箸」

「素直に飯を食ってどうする。洋食に慣れてくれ、ということだ。おまえも今や華族なんだぞ。いつ何処に呼ばれるかもわからないんだ。テーブルマナーを覚えておけ」

「てーぶるまなー？」

「礼儀作法だ。いいか、フォークやナイフが並んでいるだろ。外側から使うんだ」

「…………」

不満と苛立ちでふるふると手が震える。今すぐこのテーブルをひっくり返してしまいたい。そんな葛藤と戦っている時だった。女中の色葉が僅かに緊張した面持ちで、紅蝶になにかを耳打ちする。紅蝶は「そうか」と頷くと、やおら立ち上がった。

「すまないな、紫蜂。道楽は中断だ」

「なんだよ。羅刹鬼でも出たか？」

「勘が良いな。恐らくその通りだ。依頼人が来たらしい、行くぞ」

そう言って紅蝶は食堂を足早に出て行ってしまう。とにかくこの謎の洋食地獄から解放されるらしい。紫蜂もいくらか気をよくして、その後に続いた。

応接室にいたのは、まるで鴉《からす》のような男だった。黒染めの着物にインバネスコートを羽織った、髭を蓄えた初老の男。足下は革のブーツで、和洋折衷の装いに紫蜂は少しだけ顔を顰める。

「この男が依頼人か？」

無遠慮に尋ねると紅蝶は頷く。そして来客用の革張りのソファを勧めるので、鷹揚に座った。鴉みたいな男は、紫蜂の姿を見るなり心得たようにひとつ頷く。

「四乃森伯爵、こちらがご夫君ですかな。いやはやご立派な鬼でございますね」

「昨夜連れてきた、紫蜂という。以後はよしなに頼む」

「今後ともよろしくお願いいたします、紫蜂殿。私のことは夜野《やの》とお呼び下さい。裏宮《うらみや》家の使者でございます」

「裏宮家？」

問い返すと、夜野と名乗った使者は音もなくソファに腰を下ろす。

「表の宮家とは別に、隠された宮家があるのです。汚れ仕事を担う、宮家の暗部でございますから、名を伏せさせてくださいませ」

「ってことは、四乃森は皇室直々の仕事を請け負っているのか。吸血鬼退治は汚れ仕事というなら、俺も汚れの一部って話だな」

些か不機嫌な口調で言うと、隣の紅蝶は苦笑を浮かべる。

「そう気を悪くするな。古来より、民間の人間には鬼の存在は秘匿されているんだ。おまえだって大手を振って歩きたいわけじゃないだろう。この期に及んで目立ちたいと言うのなら、手伝ってやってもいいが」

「悪い冗談はよせ」

紅蝶のことだ。うっかり首を縦に振ろうものなら、本当にやってしまうだろう。有言実行なのは身に染みている。

「昔から四乃森の依頼主は主に裏宮家だ。粛々と仕事を請け負い、そうやって人知れず国の秩序を守ってきたわけだが……ここにきて均衡が崩れてきた。羅刹鬼だ」

「伯爵の仰るとおりです。今までの吸血鬼でも四乃森でも対処しきれない異質の存在。これまで敵同士だった者が手を組むのもまた、時代の流れでございましょう」

なるほど。裏宮家の人間にまで、こちらの事情は知られているようだ。迂闊に動けば紫蜂の動きなど筒抜けだろう。心の隅に留めていると、紅蝶は夜野に向き直る。

「それで、こんなに朝早く夜野殿が訪ねてくるのも、羅刹鬼絡みの話かな」

「はい。伯爵が京都へ発ったしばらく後、都内で惨殺死体がいくつか発見されました。今朝もまたひとり……。どうやら人間の犯行ではない様子です。化け物を討伐するようにと宮様から言付かっておりますので、四乃森家のご助力を賜りたく参じた次第です。現場は保存してあります。いつものようによろしくお願いいたします」

「わかった。おまえはどうする？　朝食と戦いたいなら留守番していてもいいぞ」

やおら立ち上がりそう言うので、紫蜂は「はん」と鼻を鳴らした。

「馬鹿言うな。なんであんただけ行かせて俺が留守番なんだ。逆だろうが」

「こういう男だ。口は悪いが私を心配してくれる。優しいだろう？」

何故か自慢げに言う紅蝶に、夜野は目を細めて頷いた。

「そのようですね。安心いたしました」

「ああそれと、夜野殿。これを頼む」

今まで大事に仕舞っていたのか、懐から一枚の紙を出す。昨夜、渋々署名した婚姻届だ。夜野はそれを受け取り、深々と一礼する。

「承知しました。処理しておきましょう」

＊

夜野に指示されたのは街の外れの路地だった。小さくはない通りだが、街灯もなく夜はさぞかし暗いだろう。色葉が手配した馬車を降りると、人集《ひとだか》りがある。なにかを遠巻きに眺めている町人の野次馬と、それを制している警官のようだった。紅蝶は躊躇することなく突き進むので、仕方なく人波をかき分けてやる。

するとと顔見知りを見つけたのか、彼女はひとりの警官に歩み寄った。

「ご無沙汰だ、長谷川《はせがわ》警部補」

そう声を掛けられた男は、二回りは年下の紅蝶に敬礼をする。紫蜂の目から見るに、真面目で実直そうな壮年の男だ。

「これは四乃森伯爵。伯爵がいらっしゃるということはその……例のアレでしょうか」

「アレだな」

「承知しました。どうぞ、ご検分くださいませ」

それだけ言うと、長谷川はあっさりと紅蝶を通す。先導されながら後に続き、紫蜂は露骨に顔を顰めた。

「怖いもんだな、四乃森の権力は。警察まで顎で使うか」

「おまえも今や四乃森だ。思う存分に権力を振るえ」

「嫌なこった」

「はん」と鼻を鳴らす前で、長谷川は路地の奥へ安置されている遺体の傍で立ち止まる。

筵《むしろ》が掛けてあるが、長谷川は一度こちらを見やってからそれを捲った。

年若い女性だった。余程恐ろしい目に遭ったのだろうか。恐怖に目を見開いたまま息絶えている。なにより異様だったのは、その腸が喰い千切られているのだ。しかしながら、血は一滴たりとも落ちていない。

さすがに眉を寄せて紫蜂は唸る。

「なんだこりゃ……ひでえな」

「見るな紫蜂、悲惨だぞ」

「だからなんで俺の目から隠そうとするんだ。逆だろうが。あんたが見るな」

「私は慣れている」

「こんなもの慣れるんじゃねえよ、恐ろしいな。あんたは向こう行ってろ」

手で紅蝶を追い払いながら、遺体の傍にしゃがみ込む。

「まるで大きな獣に食い殺されたみたいだな。かと言ってこんなやり口、野犬なんぞじゃないだろう。おまけに血がないとくれば……」

「吸血鬼か羅刹鬼か」

「吸血鬼にしては行儀が悪い。こんなに手酷い殺し方をして血を奪うのはいただけないな。それとも東京の吸血鬼はそんなに躾がなってないのか？」

「なら羅刹鬼だな」

「俺は羅刹鬼の手合いは知らないが、化け物の仕業だってことはわかる」

「十分だ」

手短なやり取りの後、紅蝶は長谷川をちらりと振り返る。

「こういった遺体が他にも？」

「はい。ここ一週間で三人。今朝方見つかったこの遺体で四人目です。すでに身元は割れていて、こちらが警察による調査報告になります」

言って長谷川は懐紙のようなものを取り出して、紅蝶に渡した。

「ご協力感謝する」

にっこりと笑って受け取る紅蝶の後ろで、紫蜂は口の中で「おっかねぇ」と何度も唱えてしまった。

人目のない路地裏に入って、紅蝶はようやく報告書を開いた。上から覗き込む形で一緒に眺めた後、紫蜂は民家の壁に寄りかかる。

「被害者はあんたくらいの歳の女ばっかり、ってことか」

「偶然なのか、わざわざ選んだのか……これだけではなんとも言えないな」

「報告書なんて言っても、被害者の身元だけじゃな……目撃者の証言もないときた」

「私に教えたくなかったのかもしれない。警察は威信を掛けて捜査をしているだろうが、その努力をいつも横から攫っていくのが四乃森だからな」

「誰かが握りつぶしたか？　長谷川って男は真面目そうに見えたけどな」

「あの警部補は協力的だ。しかし組織が一枚岩ではないし、四乃森をよく思っていない人間も多い。吸血鬼だ羅刹鬼だと、内情も知らないだろう。怪異が起こると何故か突然現れて、情報を寄越せと権力を振りかざして迫る女伯爵など、本音では不気味だろうよ。何故こんな小娘に従わなければならないのかと、不満も出るさ」

「そりゃ大変だな」

そうぼやくと、紅蝶は目を丸くする。

「他人事みたいに言うな、当事者だぞ。次からはおまえを表に押し出してやるからな。その方が話も通りやすい。そうだな、いずれおまえにも爵位をもらってやる。それまで我慢しろ。いつまでも『四乃森伯爵の旦那』じゃ格好が悪いだろう。夜野殿がなんとかしてくれるからな」

「……いらねえよ」

『四乃森伯爵』と呼ばれる洋装のきらきらとした自分の姿を想像して、げんなりする。

「まぁでもそうか。警察は吸血鬼の存在は知らねえのか。だったら警察は、野犬の所為にして片付けちまうかもしれないな」

「そうだとも。犯人の足取りを追うには早いほうがいい。これ以上犠牲者が出る前にな」

「でも、ここから先は自分の足で調べろってことだろ？　さて……俺は地の利がないしな。そこら辺の人間を捕まえて、片っ端から聞いて回るか？」

「そこでだ、紫蜂。おまえをいいところへ連れて行ってやろう」

にやりと紅蝶が笑うので、嫌な予感しかいない。思わず逃げだそうとしたが、袖をむんずと捕まえられ引き摺られてしまう。

＊

強引に連れてこられたのは大通りに面した一軒の店だった。四乃森家の屋敷とよく似た二階建ての西洋風の店構えで、『放珈堂《ほうかどう》』と掲げられた看板に、紫蜂は首を傾げた。

「なにを出す店だ？　妙な臭いがする……」

「珈琲と洋食と、その他諸々を楽しめる茶屋だな。二階は会員制の社交場だ。金を払わないと入れないが、目的はそっちだ」

「こーひー？」

いかにも外来語の響きに、目尻がぴくりと動く。

「俺にそのこーひーとやらを飲ませる気だろう、わかってるぞ。俺は行かない、ここで待ってる」

「我が儘言うな。なにも暢気に茶を飲みに来たんじゃない。会わせたい男がいるんだ」

「嫌だ、待ってる」

朝食の惨状を思い出して、身体が震える思いだ。紅蝶は珍しく困ったような顔をして、紫蜂の袖を引っ張り続ける。

「珈琲ごときで狼狽えるな。おまえの洋物嫌いが筋金入りなのは理解したが、恐るるに足らん。なんてことはない茶だぞ、玉露と一緒だ。良い子だから来てくれ。褒美になにか買ってやるから」

随分と大きな声で言うものだから、行き交う人々がなにごとかと振り返る。どう見ても、いい年をした大柄な男が少女に必死に諭されている様相だ。それほど西洋の文化を怖れるのかと、くすくすと笑い声まで聞こえる。さすがに耐えかねて、直ぐさま紅蝶の口を塞いだ。

「わかった！　わかったから……大きな声で喚くな！」

今度は紅蝶を引き摺る形で意を決して入店する。焦げたような臭いは一層強くなり、店内に置かれた椅子には和装と洋装の客が入り交じって座っている。身なりからして一介の町人ではない。高官や金持ちの類いだろう。

おおよそ金持ちの道楽なのだろうと閉口していると、紅蝶は店主に断りを入れて二階へ続く階段を上がるところだった。会わせたい男というのは、そこにいるのだろう。しかし二階もまた面妖な雰囲気だった。日本人と西洋人が向かい合い、喧々《けんけん》と意見を戦わせている。濃い紫煙が燻《くゆ》り、視界が悪くなるほどだ。さすがに紙巻き煙草くらいは知っていたが、ここでもまた紫蜂は眉を顰めた。紅蝶のような小娘が来る場所ではない。しかし本人は、なんの躊躇もなく辺りを見回し、目的の人物を見つける。

一番奥のいくらか静かなソファ席。身体を猫のように丸めて、一心不乱に書き物をしている眼鏡を掛けた男だった。背は高いのだろうが、随分と細身で恐ろしいほどに顔色が悪い。着物もくたびれていて、とてもこの店に釣り合う感じではない。こちらに気付く様子もないので、紅蝶は向かいのソファに座ると、とんとんとテーブルを叩いた。そこでようやく、男は視線を上げる。

「あぁ……あぁー伯爵じゃないか。久しぶりだね。元気？　なにか飲む？　店員さーん！　珈琲ふたつ追加ー！」

「おい……俺はいらな――」

「まぁそう言わずに飲んでみてよ。千秋家の紫蜂さん」

あっけらかんと言い放つので、紫蜂は思わず睨み付けた。

「……あんた、何者だ？」

「僕は九我隆有《くがたかあり》。フリーのジャーナリストだよ。あー……新聞記者って言えばわかるかな。いろんな事件に首を突っ込んで記事を書き、新聞社に売るのさ。新聞ってわかる？　瓦版ね。あと僕は吸血鬼だから、それも併せてよろしく」

「なんだと？」

こんな昼日中に堂々と名乗るなど、無知なのか命知らずか。棒立ちになって怖い顔をする紫蜂に、紅蝶は『とにかく座れ』とソファを指さした。

「九我は情報屋だ。父の代から情報を買っている四乃森の協力者でもある。人間の情報でも吸血鬼の情報でも、なんでもござれだぞ」

「……吸血鬼の情報を売ってるのか」

苦々しい口調で零す。同族を売るなど裏切り者ではないか。しかし『九我』という家名に覚えはない。どこの一族にも属していないのだろうか。紫蜂の顔から読み取ったのか、九我は興味深そうな目で眺めてくる。

「僕は昔から一匹狼でね。一族の仕来《しきた》りに縛られるのは嫌なんだよ。毎日毎日、淡々と過ごすだけなんて退屈で死んでしまう。それに人間の生き方も大変興味深くて好きでね。人間と同じ生活をしながら、こうやって記事を書いているんだ。人間と吸血鬼のどちらにも属さず、あくまで中立だと思ってもらいたいな」

「そんなに怖い顔をするな紫蜂。我々はあくまで情報を買っているだけだ。九我の立場については言及していない。四乃森としては、事件が解決すればそれでいい。おまえもおまえの都合で上手く利用しろ」

「おお、そうかよ。納得はできないがな」

吸血鬼の一族は、家族としての結びつきが強い。家ごとに決まりや慣習があり、始祖となる『親』の言葉は絶対だ。規則を破り親に刃向かえば、それは即座に裏切り者として一族から追われることになる。しかし追っ手もかからず、こんなに人の多い場所でのうのうと記者だとは……紫蜂には理解不能だった。少なくとも千秋家に迷惑がかからないなら、それでいいのだが。

むっつりと黙り込んでいると、和装に白いレースのエプロンという女性店員がやってくる。そして紅蝶と紫蜂の目の前に、白い磁器のカップを置いていった。

恐る恐る覗き込んでみると、なにやら茶色い液体が入っている。店の外から漂ってきた臭いはこれのものだろう。ちらりと横目で見ると、紅蝶は堂々と口を付けている。このまま飲まずに帰ろうと思っていると、目の前で九我が目を輝かせていた。

「あぁ……初めて珈琲を飲む吸血鬼を間近に見られるなんて……素晴らしい！　見せて見せて！　飲んで見せてよ！」

「見世物じゃねえよ！」

「まぁ飲んでみろ、紫蜂。何ごとも経験だ。存外、気に入るかも知れないぞ」

「それはねぇ」

　きっぱりと断るものの、飲まねば話が進まない雰囲気だ。紅蝶も九我も興味津々と目を光らせている。舌打ちをして、大きな両手でカップを包み込み、ちびちびと舐めてみた。途端に舌が痺れたような苦さが口いっぱいに広がる。思わずテーブルに突っ伏し、ガツンと頭を打つ音が響く。

　それを見た九我は「なるほど」と頷いて、さらさらと筆を走らせた。

「『千秋家の腕利きは、珈琲の苦さに突っ伏すものなり……』と」

「書くな！」

「そんなに苦いか？　ならミルクを入れろ。ミルクというのは牛乳のことだ」

　言うなり紅蝶は、カップにどばどばと乳臭い白い汁を入れ始める。途端に液体は濁り、不気味な色に変化した。

「おい止めろ！　大惨事じゃねえか！　不味いものに不味いものを足すな！」

「合成血液よりはまともに見えるぞ」

「うるせえ。俺のことはいいから話を進めろ、話を！」

それもそうだと思い出し、紅蝶は九我を見やる。すでに見当はついていたのか、九我はなにを聞かれずとも語り出した。

「例の連続殺人事件のことだよね？　どこまで知っているかわからないけど、僕が手に入れた情報だと、今朝の被害者で合わせて四人。全て十六歳の女性で、一様に腹を食い破られて死亡。血痕はなし」

「そこまでは警察から手に入れた」

「事件は日が暮れてから深夜にかけて。場所は人通りの少ない路地。目撃者は極少数。皆揃って『大きな狼を見た』と言っていたね」

「狼？」

紅蝶が問い返す。一度目を見合わせてから、紫蜂は手で顎を撫でた。

「確かに獣が噛みついたような痕跡だったが……こんな都会をうろつくかね。野犬と見間違えたんじゃなくてか？」

「野犬にしては大きいらしいよ。尾の先まで十尺（約三メートル）はあったとか」

「それはもう……普通の獣じゃねぇな。明らかに化け物の類いだ。やはり羅刹鬼か……」

「情報はもうひとつ。同じ時期に清須《きよす》家の吸血鬼がひとり、行方知れずとか。現場周辺にも清須家の鬼がうろついているみたいだね」

九我の言葉に、紫蜂は僅かに目を見開いた。

「清須家って……東京を縄張りにしてる吸血鬼一族じゃねぇか。歴史は千秋の方が長いが、首都が東京になってから急速に勢力を伸ばしてきやがった」

「仲は良いのか？」

尋ねる紅蝶に、紫蜂は顔を顰める。

「良いわけあるか。というか余程の理由が無い限り、他の家とは不干渉が基本だ。過去に小競り合いがあったとか噂を聞くが、本当かどうか知らん」

「仲良くすればいいのに。同じ吸血鬼同士だろう」

「隣近所と仲良くするみたいに言うなよ。本家が京都と東京じゃ遠すぎるし、交流する理由もねえ。大雑把な情報はいくらか回ってくるが、内情は知らねぇな」

「そういうものか」と紅蝶は言う。曇った眼鏡を指で押しながら、九我も頷く。

「僕は清須家から嫌われているからね、行っても大概が門前払いだよ。ひとり目の被害者が出た後を境に、なにやらバタバタしているのは知っているけど……これ以上は。行ってみたら？　結婚の挨拶も兼ねて」

「……吸血鬼の怨敵とも言える四乃森がか？　いきなり斬りかかってくるぞ」

紫蜂は唸るが、紅蝶は意外にも乗り気な様子だった。

「そうだな。ここでただ話していても時間の無駄だ。さっさと動くに限る。貸しもあるしな」

「……おい、本気か？」

席を立つ紅蝶をまじまじと見上げる。九我に至ってはなにやら紙に似顔絵を描き、それをテーブルに滑らせて寄越してくる。

「この『清須アオマツ』を捕まえて話を聞くといいよ。昼でもちょくちょく外と出入りしてるし、ちょっと脅せば口を割るから大丈夫」

そう言ってひらひらと手を振り、笑顔で見送るつもりらしい。嘆息して似顔絵を受け取り、紫蜂は呟く。

「どいつもこいつもおっかねえな」

＊

千秋家が京都の山奥に居を構えていたのとは別に、清須家の本家は帝都東京のど真ん中にあった。あまりに人の多い大通りに面しており、堂々と『清須』の表札を掲げている。本来なら潜むべき存在であるはずなのに、これはどういうことか。大層立派な長屋門を前に、紫蜂は数歩後ずさる。

「……こんなおおっぴらに住処があるとは、うちのお館様が聞いたら驚くぜ」

「これには理由があるんだ」

「理由？」

「私の父は、血誓の方法を帝国陸軍にも伝えたんだ。血誓は人間と吸血鬼の組であることが前提だからな。これを生かすには吸血鬼の協力者が必要だ」

「陸軍は清須家と手を組んだってのか？」

「そうだ。血誓の術を四乃森だけで独占したところで、利はない。羅刹鬼と戦える者は多ければ多い方がいいからな」

「そりゃそうだが……なら清須家は陸軍御用達ってことか。それでこんなに仰々しく門を構えてるんだな」

腕を組んでひとしきり唸っていると、紅蝶は頷く。

「だから四乃森は清須家に『貸し』があるんだ。羅刹鬼に対抗できる力を授けたのだから」

「なら正面から堂々と訪ねればいいだろうよ。嫌とは言えないはずだぜ」

「しかし貸しがあるのは父であって私ではないし、清須家が組んでいるのはあくまで陸軍だ。つまり清須家の血誓組は陸軍が依頼主で、我々は裏宮家の指揮下にある。生憎と、私には清須家の血誓組とは接点がないのが現状だ。私が押しかけたところで、取り次いでくれるかは怪しいな」

「陸軍と裏宮家は仲悪いのか？」

「父の代はどうか知らないが、私は肩を並べたことはない」

「なんだよ。仲良くしろとかどうとか、人のこと言えねえじゃねえか」

「だからな、力尽くで聞き出そうと思う。九我も言っていただろう」

そう言って声も掛けずに大扉を開けようとするので、慌てて引き留める。

「おい待て待て待て。他の家と問題起こすな。夫婦ってのは家と家同士の繋がりだろ？四乃森は今や千秋と繋がったんだよ。あんたは千秋家の看板も背負ってるんだ。他の家と問題起こさんでくれ。なるべく穏便に済ますんだ、いいな？」

「悠長に手紙でも出せと言うのか？　次の犠牲者が出るぞ」

「だからって不法侵入でもする気か？　止めてくれ。せめて一声掛けろ」

余所の家の前で押し問答をしていると、大扉の脇にある潜戸《くぐりど》から出てきた人物と鉢合わせた。その顔を見て、紫蜂は懐から九我の描いた似顔絵を出す。なるほど、絵の通り十八歳ほどの生意気そうな若造である。

「『清須アオマツ』だな？」

見知らぬ大柄の男に急に名前を呼ばれたアオマツは、さすがにぎょっと目を剝いた。そして隣にいる紅蝶を見て、「ひぃ」と口に中で悲鳴を上げる。

「あんたは四乃森の！」

すかさず紫蜂が割って入り、アオマツの肩を無理矢理組んだ。

「ちょっと話があるんだが、付き合ってくれるか？」

「穏便だぞ、紫蜂」

「任せろ」

言うなり紫蜂は有無を言わさず、力尽くでアオマツを人気のいない裏路地へ連行することにした。

「なんすか！　なんなんすか、あんた達は！」

暗がりに連れ込まれ、アオマツは青い顔で完全に怯えている様子だった。気にもせずに紫蜂は笑顔を浮かべて、アオマツの背中をばんばんと叩く。大柄で筋肉質な紫蜂に叩かれ、青ざめた若者は数歩よろけた。

「この昼日中に動けるなんざ、元気だなおい。若いからか？　清須の名字をもらってるってことは、おまえさんも吸血鬼だもんな」

「『も』ってなんだよ。あんたも吸血鬼か？　四乃森の人間となにやってんだよ」

「仕事だ仕事。ちょっといろいろ聞かせてくれや。今、清須家で行方知れずなやつがいるんだってな。巷で起きている惨殺事件は知ってるか？　あれと関係あるんじゃねぇのか？」

「な、な、なんで部外者に一族の事情を話さなきゃならねぇんだよ。そう簡単にしゃべると思うなよ！」

　一応、突っ張るだけの威勢はあるらしい。しかし視線は泳ぎ、隙あらば逃げようという意思を感じる。細い路地の袋小路、目の前には得体の知れない大柄な吸血鬼と、道を塞ぐように吸血鬼退治を専門とする四乃森家の当主が仁王立ちだ。

　視線を感じた紅蝶は、腕を組んでちらりと紫蜂を見やる。

「この男は千秋家の鬼だ。私の夫でもある」

「はぁ？　はぁぁー!?　千秋家って京都の？　四乃森の伯爵と結婚したってのか？　待て待て待て……情報が多すぎる！」

「情報ってのはな、もらったら同じ分だけ差し出すのが礼儀だ。アオマツよ、ちょっとばかし教えてくれるか？」

「な？」と紫蜂が不敵な笑顔で迫ると、だらだらと油汗を流してしばし押し黙る。だが逃げられる隙はなく、その気になれば一瞬で灰にされてしまうのは明白だった。

アオマツはがっくりと項垂れてから、ゆるゆると視線を上げる。

「……俺が言ったってのは誰にも言うなよ」

「わかったわかった」

紫蜂が鷹揚に頷くのを見てから、アオマツはぽつりぽつりと語り出した。

「……十日ほど前から、うちの『虎丈《こじょう》』って吸血鬼が失踪したんだ。でもある日突然ってわけじゃなくて、時々いなくなる日があって……その頻度が増してきて、ついに帰ってこなくなった」

「原因は？」

「どうやら……人間に恋慕していたらしい。好きな女がいて仲良くなって……清須家に引き入れたいって言ってた」

「清須家当主に頼んで血の洗礼をし、一族に迎えたいってことだな」

紫蜂の言葉に、アオマツは頷く。

「そういうことは千秋家だってあるだろ？　嫁か婿に……養子でもいい。気に入った人間を吸血鬼にして一族に加えるってこと。別に珍しい話じゃない」

「そうだな。珍しくない。そうやって一族を大きくしていくんだ。どこの家だってやってる」

「今回もそうだった。別に誰も不思議がるようなことじゃない。でも、迎える前にその女が死んだんだ。元々病弱で肺を患っていたとかで。それから虎丈がおかしくなった。毎晩女を捜し歩くようになって……行方がわからなくなった」

「当然、清須家の連中は動くよな」

「もちろんだ。一族みんなで虎丈を捜した。そしてようやく見つけて連れ帰ろうとしたやつらが、返り討ちにあって殺された。なんでも虎丈は、獣みたいな化け物になってたって。話もまともにできず、目に入ったやつらをただ殺すんだと」

「その好いた女は十六くらいの娘か？」

「そうらしい」

「……虎丈は女を捜して、十六くらいの娘を殺して回ってるのかね」

「ふぅん」と唸ってから、紅蝶を振り返る。

「羅刹鬼になったってことか？　そもそも羅刹鬼ってのは、吸血鬼が変じてなるものなのか？」

「そういう例が多いと聞く。ただ理由というか、どういう原理でそうなるのかは不明だ。突然変異なのか、他に理由があるのか……まだ謎の部分が多い」

「そうか……」

思案する顔を見せるが、紫蜂の腹は決まっていた。先日、千秋家を襲った羅刹鬼のこともある。そこら辺の吸血鬼が束になったところで、勝てやしないだろう。だとすれば、動けるのは自分と紅蝶しかいない。

しかしアオマツは、焦った顔で紫蜂の袂をぐっと摑んだ。

「これは清須家の問題だ。うちが解決する」

「気持ちはわかる。身内の問題は身内で片を付けたいもんだ。しかしな、人間を殺して事件になるのはまずい。目立てば目立つほど、俺達の存在が世に知れちまうからな。あんた達だって、早くどうにかしたいはずだろ？」

「……そうなんだが」

「清須家の血誓組はどうしてる？　対抗できるならそいつらだろう」

「陸軍の命令で神戸に行っている。しばらく帰れそうにないと連絡がきて……待つしかない」

「早急になんとかしねぇと、人間にも清須の鬼にも被害が増すばかりだ。よく話してくれたな。礼を言うぞ。後はなんとかしてやる。あぁ別に、清須家に恩を売りたいわけじゃねえぞ。こっちはこっちの仕事をするだけだ」

「いいな」と念を押すと、他に為す術のないアオマツは素直に頷いた。余程、紫蜂が頼もしく見えたのだろう。その目に少しばかりの尊敬の光があったことを、紅蝶は見逃さなかった。こっそりと苦笑して、いくばかの謝礼をアオマツに握らせる。慌てて「受け取れない」と騒ぐアオマツを、紫蜂はふと振り返る。

「ひとつ聞いていいか。その虎丈は何歳だ？」

「……六十くらいだと思うけど」

「そうか」と頷くと、呆然と立ち尽くすアオマツを残してその場を立ち去った。

ひとまずは四乃森家へ戻ることにする。居間の沈み込みそうになるソファに顔を顰めていると、色葉がテーブルにカップを置いた。立ち上る臭いはあの珈琲のもの。勘弁してくれと頭を抱えていると、向かいに座った紅蝶は何故か誇らしげな顔をしている。

「おまえは結構、人たらしだな。千秋家ではさぞ重宝されただろう」

「別にたらしてねえし、重宝もされてねえよ」

ぶっきらぼうに言い放ち、カップを押しやる。衝撃的に苦い飲み物など、金輪際飲む気はない。

「歳を聞いていたな。気になることでも？」

問われて、数秒押し黙る。しかし別に隠すことでもないと、ひとつ息を吐いた。

「……吸血鬼は不老でも不死でもねぇ。寿命は長くなるが、普通の鬼なら精々人間の五倍程度だ。生まれついての鬼もいるが、ほとんどが元人間だろう。元人間ってのは厄介でな。定期的におかしくなる」

「おかしくなる？」

「最初におかしくなるのは五十歳から六十歳くらいだ。人間の寿命はそれくらいだろう？　鬼になってその年になると、不安定になる。親も兄弟も友人も、知り合いだった人間がどんどん死んで、置いていかれた気分になる。外見も中身も変わらないまま歳だけとるんだ。自分だけ取り残されたようで……孤独のあまり自死する鬼もいる」

「虎丈もそうだと言いたいのか？」

「わからん。きっかけとしてそういう可能性もある、ってだけの話だ。寂しくなって、誰でも良いから傍に居て欲しくなる。人間じゃ駄目だ。自分より先に死ぬからな。だから吸血鬼の伴侶が欲しくなるのも、その時期だ」

「……なるほどな」

飲んでいたカップを置いて、紅蝶は小さく首を傾げた。

「おまえは今、何歳だ」

「百五十くらいだな。もう数えるのも面倒になった」

「おまえも寂しくなったのか？」

「……俺の話はどうでもいいんだよ。目下は虎丈をどうするかだ」

これ以上突っ込まれても、話す気はないと手を振る。紅蝶はなにか言いたそうだったが、とりあえず諦めた様子で息を吐いた。

「清須家の鬼が虎丈を追っているだろうが、為す術はないだろう。血誓組の帰りを待つ猶予もない。となれば、早急に我々が出向くのが吉だ。私に案がある」

「……囮にでもなるつもりか？」

「それが一番手っ取り早いだろうよ。幸運なことに、私は瑞々しいごく一般的な十六の婦女子だ。狙わない理由がない」

大した自信である。異論はあるが、それが最も確実だろう。女子供を前線に立たせることに賛成はしないが、一般人を巻き込むよりはいい。

「わかった。後援は任せろ」

その日の夕暮れ時から、紅蝶は淑やかな女性を演じつつ、帝都の通りを縦横無尽に歩き回った。虎丈と思わしき異形の化け物が現れたのは、数日後の満月の夜だった。

＊

狼のようだった、と目撃者が形容したのも頷ける。その姿は野犬ではなく、確かに大きな狼だった。しかし異様だったのは、その獣の背中から人間の上半身が生えていたことだ。化け物、という表現の方が正しい。

満月を背にして躍りかかってきたところを、紅蝶はひらりと躱し、その目を確認する。白目と黒目が反転する、羅刹鬼特有の目だった。動きにくいとばかりに着物を脱ぎ捨てると、下に着ていたスカートが翻《ひるがえ》る。

「紫蜂、羅刹鬼だ！　市民の避難を最優先にしろ！」

紅蝶が声を上げると、屋根伝いに移動していた紫蜂が素早く飛び降りてきた。

「ざっと見た感じだと、人はいねえ。ここが裏通りでよかったな」

街灯も満足にないが、月明かりだけを頼りに動けるほどには明るかった。紫蜂は羅刹鬼を睨み付けると、腰にある太刀の柄に手を掛ける。

「虎丈だな？」

そう声を掛けると、僅かばかりに反応があった。自分の名前を確かめるように口の中で何度も「虎丈」と繰り返すのだ。そして自分の手を二度三度見つめてから狼の足で数歩歩き出し、やおら紅蝶の二の腕を掴んだ。

紅蝶が避けなかったことに驚き、紫蜂は舌打ちをして太刀を抜き放つ。しかし紅蝶はそれを手で制した。

「おい……！」

「まぁ待て。おい虎丈よ、おまえの想い人はもう死んだんだ。いくら捜しても会えまいぞ」

落ち着いた声で凜と言い放つ。

虎丈は白い瞳孔でしばし紅蝶を見やると、身体を震わせた。

「違う……違う違う！　あの人じゃない……！　おまえじゃない！　おまえじゃない！」

「清須家に帰る気はないのか？」

「あの人じゃない！　もう嫌だ！　独りは嫌だ……！」

叫ぶなり、狼の顎が紅蝶に食らい付く。すんでの所でそれを躱したのを見届けて、紫蜂は反射的に太刀を一閃させた。

紅蝶を摑んでいた腕が、ぼとりと落ちる。そのまま紅蝶の身体を抱えて、大きく距離を取ると、思わず眉を上げた。

「馬鹿野郎。喰われてやる気か！」

「やはり話は通じないか」

「なら下級の羅刹鬼ってことだな。それを確認したかったのか？」

「それもあるが……不憫《ふびん》じゃないか」

呟いた紅蝶の言葉に、紫蜂ははっとする。

その思いはいつか、紫蜂が鬼の子供に向けた感情だ。たかが子供が菓子を盗んだだけ。たかが想い人を捜しているだけ。なんと不憫で哀れじゃないかと。

それがなにを指すのかも、紫蜂は知っていた。

「……倒す相手に情を向けるな。死ぬぞ」

人間だった頃の自分のようにあっさりと死ぬ。そう暗に含ませ、ようやく抱えていた紅蝶を地面に下ろす。

「あんたは羅刹鬼を殺す四乃森家の当主だ。そうだろ」

「わかっている。いきなりおまえを寡夫にするつもりはない」

至極真面目な様子で言うので、思わず閉口する。その隙に紅蝶は駆け出すと、外套から銀の銃を取り出して構えた。しかし虎丈もただじっとしているはずもない。

切り落とされた腕も構わず、獣以上の速さで跳躍する。ここで逃がすわけにもいかない。紫蜂が虎丈を追うべく躍り出ると、むっとした紅蝶が怒鳴る。

「射線に入るな！」

「あんたは下がってろ！　こんな動きじゃ狙いが定まらないだろうが！」

「私の腕を信用しろ」

「昨日今日会ったやつを信用できるか！」

「妻になんてことを言うんだ！　おまえが下がれ！」

「うるせえ！　それだって夫に言う言葉じゃねえだろうが！　あんたが下がれ！」

喧々と争っている間にも、虎丈は紅蝶を猛追しようと飛びかかる。銃の破壊力は圧倒的だが、懐に入られるとその威力は振るえない。

紫蜂が注意を引こうとしても、執拗に紅蝶を狙うばかりだ。それほどまでに死んだ想い人への執着が強いのだろう。同時に、虎丈が抱えている孤独の深さのようにも見えた。

まだ鬼になってからの日が浅いのかもしれない。未だ人間の時間に捕らわれているのだ。置いて行かれる孤独を怖れ、なにかにしがみつきたいのだろう。

それがようやく見つけた伴侶という存在で、しかし手に入れる寸前に失った。失うことを怖れた結果、また失ったのだ。絶望は計り知れない。

虎丈はなにかを叫んでいるようにも見えた。そして泣いているようにも。

羅刹鬼から元の鬼に戻す方法があるのかどうかは知らない。今できることは、この慟哭を終わらせてやることだけだ。

紫蜂にだって覚えのある思いだ。不意に大事な存在を失い、その喪失感から立ち上がれなくなることなど。もし自分が結果として羅刹鬼となり、正体を失いながらも永遠に失った存在を捜し続けることになったのなら、誰かの手で終わらせて欲しい。

紫蜂は歯を食いしばり、紅蝶と虎丈の間に割って入ると、狼の顎を蹴り上げる。よろけた隙にもう一度蹴り飛ばして距離を空けると、間合いを詰めて太刀を一閃させた。

手に骨を断つ硬い感触が伝わる。一瞬の後、ずるりと狼の首がずれ落ちてそのまま地面に落ちた。そして返す刀で、虎丈の首元を狙う。

血誓の効果は圧倒的だった。狙いは違わず虎丈の首を切り落とす。そしてようやく、羅刹鬼の動きは止まったのだ。直後、衝撃に耐えきれなかったのか刀身が砕けて折れた。

倒れ臥す化け物と太刀を見やり、ようやく息を吐く。紅蝶も構えていた銃を下ろし、歩み寄ってくる。

「悪い。借り物の太刀を折っちまった……」

「気にするな、それは繋ぎだ。そのうちおまえ専用の太刀を届けさせる」

「気にするな」ともう一度呟いた頃、そろそろと人影が姿を現した。

アオマツをはじめとした、清須家の鬼達だろう。紫蜂達の戦いに加勢も妨害もできず、見守ることしかできなかった様子だった。

そのうちのひとりが一歩進み出る。一番年嵩と思われる吸血鬼だった。

「手間をかけさせてすまなかった。いずれ礼に伺おう」

「気にすんな。こっちこそ割って入ってすまなかったな。本当ならあんた達の手で終わりたかったはずだ」

「そうも言ってられん状況だ。後の処理は清須家で行う。行ってくれて構わない」

「わかった」

言葉少なに言ってから砕けた太刀を拾い、一度だけ振り返る。

虎丈の遺体を回収しているところだった。この後は荼毘《だび》に付すのか、それとも日光を当てて灰にするのか。孤独を埋めようとした果てがこれでは報われない。

千秋家を襲った羅刹鬼もそうだったと思い出す。『女と子供』に執着をしている様子だった。もしや羅刹鬼とは妄執の結果としての産物なのだろうか。

だとすれば、吸血鬼なら誰でもああなる可能性はある。そう思い、暗鬱とした気分だった。しかし生憎と今の紫蜂に、しがみつきたくなるほどの存在はない。

外套に銃を仕舞っている紅蝶を見やる。これは形ばかりの夫婦だ。ごっこ遊びと言っても問題ないような、吹けば飛ぶような脆い関係だ。失いたくないと思える日が来るのだろうか。目の前で死なれては夢見が悪いし、それを見過ごすつもりはない。千秋家と四乃森家は今や親戚となった。出来うる限りの尽力はする。千秋家にはそれだけの恩があるからだ。しかし、数年前まで怨敵だった四乃森とはどうだろうか。

小さな妻の姿を眺めていると、こちらに気付いて紅蝶は『どうした』とばかりに視線を寄越す。

「帰るぞ、紫蜂」

「……はいよ」

ひとまずは従うほかない。しばらくはこの身分に甘んじていよう。帝都にいれば、捜し物も見つかりやすいはずだから。

＊

その夜、紫蜂は途方もない衝動に駆られた。

ただひたすらに血を求める、吸血鬼特有の飢餓感。そういえば、合成血液を飲んだのはいつが最後だったか。ひりつく喉の渇きを唇を噛んで耐えながら、指を折って数える。

「六日は過ぎてる……まずいな」

これだけ期間を空けて血を飲まなかった日はない。飢餓感で理性の箍《たが》が外れてしまうからだ。紅蝶は再三言っていた。血誓を交わした吸血鬼は、組になった人間の血しか摂取できないと。しかし吸血鬼といえども無闇矢鱈《むやみやたら》に噛みつくなど、紅蝶が言うところの『マナー違反』だ。だからこそ、合成血液というものを作るに至ったわけだが。

紫蜂は千秋家から持ってきた数少ない荷物を漁り、小さな備前の酒瓶を取り出す。連綿と受け継がれてきた千秋家の合成血液だ。震える指で蓋を取り、中の液体を一口だけ含む。いつもならそれで喉の渇きが癒えるのだが、喉が焼け付くようだった。ひりひりと痛むばかりで、やはり意味はないらしい。

衝動は消えないし、喉が焼けるような渇きも変わらない。

「……やっぱりあいつに頼むしかないのかよ」

気が重いどころではない。妻という体裁だが、まだ十六の小娘だ。百五十という齢を重ねた紫蜂から見れば、まだまだ子供の部類である。本人は遠慮するなと言っていたが、そんなに単純な話ではない。

理性と矜持についてたっぷり半刻ほど悩んだ後、ふらふらとした足取りで紅蝶の部屋に向かうしかなかったのだ。

「おい……起きてるか？」

遠慮がちに声を掛けると、ややあってドアが開く。どうやら寝る時は和装の寝間着らしい。その藍白の着物は、初めて会ったあの夜を思い出させた。ちんまりと小さくて、自分を野良犬と呼ぶ豪快な子供の頃の。余計にやりにくい。

紫蜂は低く呻いて右手で顔を覆うが、紅蝶はきょとんと目を丸くする。

「どうした。夜這いか？」

「冗談に付き合ってる場合じゃねえんだよ。悪いがその……血をくれ」

そう言うと一瞬だけ黙った後、想像より強張った表情で頷く。

「よしきた。存分に吸え」

「いや、少しで良いんだよ。ごくごくと飲むものじゃねぇ」

「遠慮するな。おまえがくたばっては元も子もないからな」

勇ましく言うなり、紅蝶は寝台に腰掛ける。そして襟をぐっと引っ張り、首元を露わにするのだ。いつもの言動とは裏腹に、白くて細い華奢な首だった。少し力を入れれば折れてしまいそうな。

人間として死んだあの日、助けられなかった鬼の子供が脳裏にちらつく。あの日から決めたのだ、血族の掟以前に決して子供は襲わないと。たとえ飢えて死ぬことになっても、自分の正義の為に子供を犠牲にはするまい。そう決めた。

「………」

「どうした。一思いにやってくれ」

難しい顔で立ち尽くす紫蜂に苛立ったのか、ついには胸ぐらを摑まれて押し倒されてしまう。

「おま……！　なにすんだ！」

「いいからやれ。なにを躊躇する。私はもう子供じゃないぞ」

「……わかってる」

「くそ」と内心毒づきながらも、ゆるゆると紫蜂は手を伸ばす。目の前のこれは、今や自分の妻なのだ。大人であるとは言い難いが子供ではない。無力で幼気《いたいけ》な存在ではないのだ。

なんとか自分に言い聞かせ、白い首元に顔を寄せる。既に血を欲する衝動は限界に近い。もたもたと時間を無駄にして、理性を失えば矜持もなにもあったものではない。手当たり次第食い散らかすだけだ。そんな醜態を晒すよりは、自分の意思があるうちに済ませてしまおう。ようやく決心して、鬼の牙をそっと首筋に当てた。

瞬間、びくりと紅蝶の身体が震える。当然だ。しかしちらりと顔を見たのがまずかった。紅蝶の顔面はもはや蒼白で、ぎゅっと眼を閉じたまま動かない。かと思えば、手も身体も小刻みに震えている。仕舞いには、目尻に涙を浮かべたまま唇を嚙んで、恐怖に耐えている始末だ。

固く決めたはずの覚悟が、途端に瓦解した。脱力して寝台に倒れ臥してしまった紫蜂に気付き、紅蝶はまたもや胸ぐらを摑んでくる。

「どうした、諦めるな！」

言葉だけは勇ましい。ゆるゆると目を開くと、馬乗りになった紅蝶の目からはぼたぼたと大粒の涙が零れているではないか。思わず顔を手で覆う。

「……馬鹿言うな。そんな顔されてできるわけねえだろうが」

「おまえは由緒ある千秋家の鬼だろうが。小娘ひとりの血も吸えないとは情けないぞ！」

「できねえって言ってんだろうが！　俺は野良犬かもしれねえが、そこそこ躾はされてんだよ。本意じゃないやつを喰うほど落ちぶれてねえんだ！」

「本意だと言っているだろうが！　好きなだけ吸え！　それがおまえとの契約だ！」

口ではそう言うものの、顔は未だに蒼白で、手の震えも止まっていない。おまけに幼子のようにだらだらと涙を流して嗚咽まで聞こえる。

「泣くな！　頼むから！　泣かれちまったら罪悪感が半端ねえだろうが！」

もはやこうなれば、子供をあやすのとなんら変わりはない。宥《なだ》め賺《すか》してとにかく機嫌を取るしかないだろう。しかし紫蜂の胸ぐらを摑んでいた手は、やがてしがみつく形でぎゅっと胸元を握りしめてくる。

「……おまえに倒れられては困る。いくらでも血を持って行ってくれ……」

紫蜂は小さくため息をつくと、遠慮がちに紅蝶の髪を撫でた。

「よく聞け。いいか、別に嚙みつかなくたっていいんだよ。この前みたいに指を少し切って……血が数滴あればいい」

「そうなのか？」

「しばらくはそれで事足りる」

「………………」

それでもなにか言いたそうに黙った後、紅蝶はようやく立ち上がる。そして机の上にある懐刀を手に取ると、これで躊躇なく手のひらを切りつけた。途端に血が溢れてくる様子に、紫蜂は慌てて辺りを見回す。水差しとグラスを見つけて急いで水を注ぐと、紅蝶の手を引いてその中に血を数滴垂らした。

「まったく……最初からこうすれば良かったぜ」

ぶつぶつと文句を言いながら、酒を舐めるように口を付ける。焼け付くような喉の渇きが、途端に引いていく。やはりどうあっても、紅蝶の血でないと駄目らしい。自分で決めたこととは言え、随分と忌々しい呪いだ。

難しい顔でちびちびと舐めていると、鼻をすすりながら襟を正した紅蝶はちょこんと寝台の端に座る。

「……おまえはやはり、ジェントルマンだな」

「なんだよそれは？　初めて会ったときも言っていたな」

「品性がある、ということだ」

「はぁ？」

意味がわからんと顔を顰めていると、袂で顔を拭きながら紅蝶は訥々《とつとつ》と口を開く。

「……一年前、この屋敷は一度焼け落ちた。色葉以外の使用人は全員殺され、父である四乃森蛍斗《けいと》も殺された」

「あんたの父親も血誓組だろ。羅刹鬼に襲われたか？」

「私が最後に見たのは……燃えていく屋敷と、鬼に喰われている父の姿だ」

「どういうことだ？」

グラスを手に、紫蜂は片眉を上げる。紅蝶はしばし黙ってから、「それだけだ」と呟いて膝の上で小さな手をぎゅっと握りしめた。

「どこかのはぐれた鬼か羅刹鬼が、あんたの親父を食い殺したって言うのか？」

「……そうだとも。今でも夢に見る。無念に顔を歪めた父の死に顔と、その首を喰い千切ろうとする血に狂った吸血鬼の姿をな」

そんな惨劇を見たのなら頷ける。自分の首に噛みつこうとする吸血鬼を嫌悪するのも、恐怖するのも。

「……その鬼はどうした。どこの一族だ？」

聞いてみるも、紅蝶はしばらく黙って首を振った。

「……素性も行方もわからない。手を尽くして追ってはいるのだが、手がかりなしだ。だが私はやつを許さない。どんな手を使ってでも捜し出し、この手で始末してやる」

「……復讐《ふくしゅう》か。ただの鬼退治なら契約しなくてもいいだろうが」

「不本意ながら四乃森家の当主になったんだ。羅刹鬼と戦わなくてはいけない。そうなれば必然的に契約する相手が必要だろう。そうなれば、おまえしかいないじゃないか」

そう言って、紅蝶は指を突き付けてくる。

「誰でもよかったわけじゃないぞ。品性があって顔が良い鬼がよかったんだ」

「ただの面食いじゃねえか」

「四乃森と組むなど、普通の鬼は承諾しない。だがおまえは私に借りがある。いずれ返すと約束したんだ。そうだろう？」

「……おうよ」

「おまえは約束を守る男だ。義理堅い野良犬だからな。だからおまえを選んだ。文句があるのなら、あの日私の庭に転がり込んだ自分に言え」

「…………」

もはやぐうの音も出ない。押し黙ってひたすらグラスを傾ける。

「そして私もまた約束を守る女だ。おまえが義理を通すなら、私も通そう。それが契約だ。私は私の復讐を遂げたい。付き合えとは言わないが、邪魔はしないでもらおう」

「邪魔はしねえよ」

「代わりにおまえの望みにも協力するぞ。ギブアンドテイクだ」

「……なんだって？」

「持ちつ持たれつ、ということだ。残月殿に聞いたぞ。おまえは人を捜しているそうだな」

不意を突かれて、グラスを取り落としそうになる。

「なんで喋るんだよ、お館様……！」

「おまえが望むなら、四乃森の情報網を使っていい。今やおまえも四乃森の関係者なのだから、存分に活用しろ」

「はいはい。そりゃ有り難いこって」

「冗談ではないぞ。私は約束を守る女だ」

「わかったよ」

五月蠅いと手で払うも、紅蝶は立ち上がって目の前で仁王立ちをする。

「そういえば放珈堂で言ったな。『褒美になにか買ってやる』と。なにがいい？」

「そういや……そんなことも言ってたな」

低く呟いて紅蝶を見やる。一歩も退かない姿勢で腰に手を当て、真っ直ぐに見上げてくる。

「私は約束を守る女だ」

「わかったよ！　あー……そうだな……」

とは言え、欲しいものなど思い当たらない。苦し紛れに部屋を見回すと、机の上の小さな瓶が目に映った。透明なガラスの中に、いかにも大事そうに入っている小さな菓子。

雪が降りしきる冷たい夜に見た、星のような砂糖菓子だ。名前は……なんだったか。

視線を止めた紫蜂を見て、紅蝶は瓶を手に取る。

「金平糖がどうした？」

「……じゃ、こいつをくれ」

「こんな菓子でいいのか？　おまえは甘い物が好きなのか？　それにこれは舶来の菓子だぞ？」

「おお、知ってるよ。いいから、それをくれ」

「そうか？」

グラスの中身を飲み干してから、金平糖の入った瓶を紅蝶から取り上げる。

あの鬼の子供が、盗みに入るほど欲しがった菓子だ。少し考えてから、蓋を開けると手のひらに一粒置いてみる。小さな白い塊。一片の雪のようだ。しばらく指先で弄って口の中に放り込む。

「……甘い」

「砂糖だからな」

「血に似てる」

「……そうなのか？」

　紅蝶にとっては純粋な疑問かもしれないが、自分が化け物だと嫌でも知らしめる証だ。少し考えたが、今更黙っていても仕方ない。

「……人間の頃は鉄臭く感じたもんだが、鬼になると途端に酷く甘くなる。それが嫌だと言うやつらもいるけどな。でも俺達は、それなしじゃ生きていけねえんだ」

「私の血はどうだ？」

「……嫌いじゃねえよ」

　それだけ言うと、瓶の蓋を閉めて部屋を出ようと歩き出す。その背中に紅蝶の質問が飛んできた。

「何故、舶来の物を嫌がる？」

「海の外から来るものは、いつだって災いの種になるからな」

　礼のつもりで紅蝶の髪を撫で付けると、紫蜂はさっさと部屋を出る。

　ひんやりとした廊下に面した窓からは満月が見えた。手に持っていた瓶をかざすと、月明かりが透けて仄かに輝いているようにも映る。

「……こんな物が海を渡って来なけりゃ、あいつは死なずに済んだのにな。こんな物が海を渡って来なけりゃ……俺は鬼にならなかったんだ」

　血のように甘いだけの菓子だ。もしかしたら血の代替え品になるやもと、話を聞きつけたのかもしれない。吸血を嫌がる鬼もいるのだ。飢えを凌ぐために欲しかったのだろうか。知る術はもうないが。

「あの子供といい、あの人といい……どうして得体の知れない舶来の物を欲しがるんだ。だからいつも面倒事に巻き込まれるんだよ」

人間であることを捨てた日、出会った白髪の鬼の顔を思い浮かべる。しっとりと雪に濡れて微笑む鬼――零泉はある日いなくなった。今から三十年ほど前だ。襲われた形跡はなかったので、恐らく自ら出て行ったのだろう。しばらく京の都を捜したが、行方はとうとう知れなかった。

京にいないとなれば、それは千秋家の縄張りの外だ。紫蜂は自由に動けない。残月に言い含められ京に留まり、一族の為に生きてきた。そこへ降って湧いた帝都移住の話だ。京都の山奥で過ごすよりもいくらか情報は集まるはずである。

「最悪、四乃森の伝手も使わせてもらうかな」

零泉は残月の兄でもある。顔にも口にも出さないが、残月も本心では今にも捜しに出掛けたいはずだ。千秋家には恩がある。およそ百二十年もの間、角狩衆だった自分を受け入れてくれた大恩だ。それを返す時がきたのだ。

「あの人は寂しがり屋だからな。早く見つけて、千秋に連れて帰らなきゃならねえ」

紫蜂にとって、千秋家はもはや家族だ。零泉は鬼のいろはを教えてくれた、兄のようなものである。やむを得ない理由があったのだろう。心当たりもないこともない。とにかく彼を見つけ出し、説得して一緒に帰ろう。

舶来品に囲まれた四乃森の暮らしは、些か肌に合わないのだから。

第二章

仮面舞踏会《マスカレイド》

今日もしとしとと雨が降る。

しかし窓のないこの部屋では、外の様子を窺うことはできない。ただじめじめとしたやるせない気持ちだけが、降り積もるのみだ。

「……また失敗だ」

男は頭を抱えてから、傍らに置いてあったガラスの瓶を振り返る。

鮮やかな赤い液体がたっぷりと入っているそれは、カンテラに照らされて、ゆらゆらと赤い波を壁に映すだけだった。そこから何本かの管が伸び、寝台へと続いている。

「待っておくれ、もうすぐ元気になるからね」

男が語りかけたのは、寝台に寝かされていたひとりの女性だ。返事はない。

「もっと血を集めよう……」

そう呟いた男の言葉は、降り続く雨の音に消されるほど小さかった。

「……もっと血を集めよう」

もっと新鮮で相性の良い血を見つければ、彼女は目覚めるのだから。

＊

「おー……やっと止んだぜ。しつこい雨だったな」

　紫蜂は大きな身体を精一杯伸ばし、窓の外を眺める。一週間降り続いた雨がようやく終わり、雲の隙間から晴れ間が覗いたのだ。

「まったく……この俺が生きているうちに太陽を拝みたくなるなんてな。人生わからんもんだぜ」

　言いながら藍染めの着流しを緩めて、懐から手を出す。だが日の光に目を細めていると、紅蝶から容赦のない言葉が飛んできた。

「格好つけてないで椅子に座れ。食事中に立ち歩くなんてマナー違反だぞ」

　広々とした食堂の一角、窓の傍にもたれかかった紫蜂は露骨に顔を顰めた。次いでちらりとテーブルの上へ視線を流すと、そこに並べられた料理にため息を零す。今やすっかり見慣れた朝食のメニューだ。

「………………」

「嫌そうな顔をするな」

　きっちりと椅子に座り、紅蝶は手慣れた様子でスープを飲んでいる。

「……それ嫌いなんだよ。パンとか言うの……ぱさぱさして味気ねえ。やっぱり日本人は米を食うべきだ」

「バターを塗ればいいだろう。ほら、好きなだけ使え」

「それ脂だろ？」

「牛の乳から作った脂だ」

「それだよ！　なんでもかんでも牛の乳だ。昨日の晩飯に出た汁も白かったぞ」

「クリームシチューのことか？」

なんでもないように言うが、紫蜂にとっては下手物の類いである。食事が必要ない身体とはいえ、いや食事がただの娯楽になってしまった身だからこそ不平を漏らすのだ。これでは道楽ではなく懲罰である。

紅蝶の隣まで歩くと、大きな手でテーブルをとんとんと叩く。

「まぁ聞けよ。俺だって大人だ。いざとなったら、さも美味しそうな顔をして綺麗に平らげて見せるぜ。だから洋食を出すのは無しだ。せめて和食にしてくれ」

「説得力がないな。昨日だって残していただろうが」

「食べられるって言ってんだろうが」

「見慣れない料理が出てきたら、おまえは嫌そうな顔をして黙り込むだろう。良い子だから慣れておけ」

「おま……どの口が『良い子』とか抜かすんだ」

「あと、そんなに着崩すな。おまえの身体は精悍で美しいと思うが、世のご婦人方が見たら言い寄られるぞ。私の夫なのだから慎ましくしてくれ」

「…………」

「だから嫌そうな顔をするな。色男が台無しだ」

「…………」

紅蝶はあくまで真顔である。本気なのか冗談なのか区別がつかないが、もはやなにを言っても通じない様子だ。がっくりと項垂れていると、紅蝶は使い終わったスプーンをテーブルに置く。

「そう腐るな、紫蜂。おまえの玩具が届いたんだ。食事が終わったら見に行こう」

「玩具？」

「いつまでも丸腰では格好がつかないだろう。昨夜届いた。朝食を片付けたらおまえにやる」

「……俺は犬か」

まるで犬を躾けるように褒美をちらつかせるとは。しかしなにが届いたかを察して、紫蜂は渋々とパンを口に中に詰め込んだ。

這々の体で朝食を完食した紫蜂は、今まで入ることのなかった紅蝶の執務室へ案内された。そこはさながら、舶来品の博物館である。棚には英語で書かれた書籍が並び、デスクには筆と硯の代わりに、見慣れない棒が転がっていた。

思わず手に取ってしげしげと眺めていると、気付いた紅蝶は置いてあった雑記帳を指さした。

「蓋を取って書いてみろ。墨のいらない筆だ。万年筆という。便利だぞ」

「ほー……」

言われるままに書いてみると、確かに便利だ。さらさらとした書き心地は小気味良い。

「……どうせこれも舶来品だろ？」

「そうだとも。それにしても上手いもんだな。おまえに絵心があったとは。なんの花だ？」

雑記帳に書いた小さな花を見て、紅蝶は素直に目を丸くする。

「ミヤコワスレっつってな。昔、乱で敗れた天皇が流罪になった。流された島で咲いた花が可愛くて、慰められたんだろうよ。ま、孤独すぎて『誰か助けてくれ』ってことだな。京の山奥で咲くんだが、千秋家ではなにかあった時にこれを置いておく。仲間への救援を頼む時とかな」

「ほぉ。おまえは今、助けが欲しいのか？」

「当たり前よ。ぱさぱさの塊を食わされて、口の中の水分が全部持って行かれてるんだからな」

「よし。珈琲を淹れてやろう」

「いらねえ」

反射的に突っぱねるも、紅蝶は紫蜂の書いた花が殊更気に入ったようだ。

「おまえ、画家になれるぞ」

「なれねえよ。百五十年も生きてりゃな、こういうこともできるようになるもんだ。あんたはどうだ？　なんか書いてみろ」

「ふむ」

唸る紅蝶に万年筆を手渡すと、彼女はぐりぐりと線を書き連ねる。

「芋虫か？」

「花だ。花に見えるだろう？　おまえの絵を参考にしたんだが」

「下手くそだな、あんた……」

ようやく勝った気がしていくらか機嫌を取り戻していると、紅蝶は万年筆をデスクに置いて、なにやら部屋の奥に置いてある品物を物色し始める。

「四乃森家は海外から品物を輸入してあちこちの店に卸している。華族というものは金がかかるんだ。裏宮家からいくらか援助はあるが、とても足りない。私は貿易会社の社長という役職を預かっているが、おまえも仕事を覚えてくれ。今日から副社長だ」

「……本気かよ」

「社会的地位があった方がいいだろう。今のままだと、おまえの肩書きは無職だ。日がな一日、暇を持て余してふらふらしている私に養われているだけのヒモだぞ」

「…………」

返す言葉もない。かといって、千年続く千秋家の腕利きが貿易業など向いているはずもない。しかし無職という肩書きは些か気に入らないのも事実だ。

「くそ。この歳になって職を探すことになるとはな……」

「追い追い仕事を覚えてくれ。お、これだな」

紅蝶が引っ張り出してきたのは、刀身が四尺（約百二十センチ）はある大太刀である。事細かに注文して打ってもらった、紫蜂専用の武器だ。

「おお……見事なもんだ」

腰に差して重さを確かめる。軽くもなく、重すぎることもない。抜いて構えてみると、手にしっくりと馴染む感じだ。きらりと輝く刀身には波のような刃文が浮かんでいる。

更に機嫌を良くして弄んでいると、その様子を眺めていた紅蝶は小さく笑った。

「楽しそうで大変結構だが、時代は今や廃刀令だ。四乃森の人間は帯刀を許可されているが、腰に差して歩けば嫌でも目立つ。持ち歩くのは基本的に有事の時のみだ。できればおまえも、懐に仕舞える銃を持っていると助かるのだがな」

「銃だと」

「一応、おまえの分も用意した」

言って紅蝶は、大きな木箱を開ける。中には紅蝶が携行しているものとよく似た、銀製の銃が入っていた。羅刹鬼を爆散させた恐ろしい武器だ。

「いらん」

「見るだけ見ろ。使い方も覚えておけ。ここをこうやって弾を装填して引き金を――」

「いらん。いざとなったら殴り飛ばす」

「頑固だな。敵の射程外から攻撃できるのは強いぞ」

「懐に入られたら危ないってことだろうが」

「大太刀だって危ないだろうが。小回りは利くまい」

「そうなったら殴り飛ばすって言ってんだろう」

結論の出ない不毛な言い合いをしていると、小さくドアをノックして色葉が入ってくる。ちらりと紅蝶に視線を投げるが、気付いて彼女は頷いた。

「これは私の夫だ。構わないからそこで言ってくれ」

「お嬢様……と旦那様。夜野様がお見えです」

『旦那様』の言い方に棘があったような気もする。どうにもこの女中は『私の大事なお嬢様に気安くするんじゃないわよ』といった圧を掛けてくる。一体どの程度の男なのかと疑わしいな視線を投げつけられて、紫蜂はむっと眉を上げた。

その様子を見て紅蝶は苦笑しつつ「ここに通してくれ」と告げる。

「承知しました」

遠ざかる足音を聞きながら部屋を見回すと、隅に一際大きな荷物がある。布が掛けられているが、小柄な紅蝶ほどの大きさはあった。

「これが気になるか？　ほら見てみろ」

布を捲ると、現れたのは車輪のついた大きな銃身だったが、これは果たして銃なのだろうか。

「なんだこれは」

「多銃身回転式機関砲《ガトリングガン》という。これは色葉の武器だ」

「……その恐ろしくでかいのは弾か？　それを打ち出すのか？」

ベルトのように連なった弾は、およそ紫蜂の手のひらほどの大きさがある。

「そうとも。重いから場所を選ぶが、狙われた鬼はたちまち蜂の巣だ」

「…………」

思わず色葉が立ち去った方向を見やる。彼女に逆らえば、これを向けられるのだろうか。無意識に「くわばらくわばら」と唱えてしまう。

紅蝶といい色葉といい、この屋敷の女性陣は強すぎる。婦女子は守るべきという概念は、ここでは無用のものだろう。おっかなびっくり布を掛けて隠していると、やがて鴉のような老紳士がやってきた。

「これはこれは壮観ですな。海外から品が届いたご様子で」

「珍しい葉巻がある。一本いかがかな？」

「これはどうも、いただきましょう」

小さな箱から茶色い筒を取り出すと、夜野に渡す。なんとも似合う出で立ちだが、紫蜂は面白くない顔をする。

「おまえは？」

「吸うんだったら煙管《きせる》がいい」

「あるぞ」

あっけらかんと言い放ち、棚から箱を取り出す。開けてみると銀製の煙管が入っていた。手に取ってみるとずっしりと重い。江戸時代に帯刀を許可されなかった町人が持っていた武器でもある。

「ほぉー……喧嘩煙管じゃねぇか。懐かしいな」

「気に入ったのならやる。護身用に持っておけ」

どうやら日本産の品だ。状態も良く細工も見事だ。いくらか機嫌をよくした紫蜂を横目に、紅蝶は夜野に椅子を勧める。

「それで夜野殿。化け物でも出たのかな？」

「はい。とてもきな臭い事件ですよ。鶯啼館《おうていかん》はご存じですかな？」

その言葉はおおよそ紫蜂に向けられていた。当然「知らん」と首を振る。

「外交官を接待する為の西洋館があるのです。外国との社交場として定期的に夜会があるのですが、その参加者の中に行方不明者が幾人か」

「ほう。あまり表沙汰になっていないようだが」

問うた紅蝶に、夜野は頷いた。

「経緯が少し不可思議でしてな。行方がわからなくなった者は皆『少し出掛けてくる』と言い残して出て行くのだそうです。身元も確かな人間ばかりで、家人は特に疑いもせずに送り出すのですが、一日経っても戻ってこないまま二日経ち三日経ち……連絡が付かず。そしてやっと行方不明だと周囲が気付き、警察に届け出るのだそうで。自宅から失踪した者、夜会から失踪した者……わかっている範囲でこの二種類です」

　煙管の吸い口を覗きながら、紫蜂は「ふぅん」と唸る。

「自分から出て行って神隠しに遭うってのか？」

「警察も捜査はしているようですが……昨夜、ようやくその内のひとりが見つかったと。血を抜かれた遺体として」

「なるほど。常人じゃやらねえわな、そんなこと」

「はい。ですので、四乃森伯爵にお願いしに参った次第でございます。願わくば行方不明者の捜索と原因の究明。居るならば羅刹鬼の討伐を」

「こちらが資料です」と夜野が出した帳面を、紅蝶は受け取る。

「行方不明者のリストか。ふむ。どれも名家の令嬢と子息ばかりだな」

「金が目当ての誘拐かもしれねえぞ」

「血を抜く理由がなかろう。ただの猟奇殺人犯の可能性もなくはないだろうが……相手が人間であれば楽なのにな。おまえがちょっと脅せば口を割る」

「俺をなんだと思ってるんだよ……」

「羅刹鬼絡みか否か。それも含めての調査をお願いいたします」

そう言って頭を下げる夜野に対し、紅蝶は「承知した」と淡々と告げる。

「まるで都合の良い便利屋だな」

ソファの背に座って煙管を弄りぼやいていると、紅蝶は振り向いて小さく笑った。

「行方不明者は全員、夜会の出席者だ。そこへ出てみるのが一番早いだろうな」

「……ちょっと待て。その夜会とやらに行けってことか？」

「そう思いまして、招待状はすでに用意してあります」

すかさず夜野が、懐から白い封筒を取り出す。

「おまえの嫌いな西洋式の宴だ。どうしても行きたくないと駄々をこねるなら、留守番していてもいいぞ。新婚の妻を放り出し、ふらふらと暇を持て余すヒモ夫の出来上がりだがな」

「……くそ、いい性格してるな」

「おまえは質の悪そうなゴロツキに見えんこともないが、ずっと生真面目で体面を気にする男だ。私をひとりで送り出す真似などするまいよ」

まるで見てきたように笑うので、さすがにむっとして眉尻を上げる。

「うるせえ。俺のなにを知ってるんだよ。俺の評判はそのまま千秋家の評判だ。家名に傷なんて付けたら、お館様に顔向けできねぇだけだ」

「それほど残月殿に恩があるか？　『親』だからか？」

「百年以上も世話になってるんだ。恩義くらい感じるさ」

「おっと。余計な詮索だったな。すまない」

　思ったよりあっさりと引き下がった様子を見て、少し怪訝に眉を寄せた。妻だ嫁だと押しかけてくる割には、どこか一線を引いている。出てくる言葉は強いが、紫蜂の内側には必要以上に入ってくることをしない。そこに矛盾を感じたのだ。

　年齢に見合わない賢しさだ。可愛げがないと言っても良い。押し黙っていると、用事は済んだとばかりに夜野は一礼をして退室していく。

　残された紅蝶は白い封筒から中身を取り出し、素早く目を通した。

「夜会は来週か……。さて、ここで問題だ紫蜂。夜会に出席するにあたり、クリアしなければならない課題がある」

「くりあ？」

「覚えなければならないことが山積みだ。まずはテーブルマナー」

「……あの銀食器を上手く使えってことか？　それくらいなら――」

「後はダンスも出来た方がいい。おまえの上背で壁の花など、もったいないしな。情報を収集するには出来るに越したことはない」

「??」

毎度毎度、紅蝶の言葉には横文字が多いし、よくわからない喩《たと》えをする。そのひとつひとつを捕まえて説明させると、どうやら男女の組になって踊れと言う。それを固辞して壁際に突っ立っているなど言語道断だと。

「嫌だ」

「はぁ!? 踊る? 踊る!?」

「そんなに驚くことでもないだろう。社交場だぞ。他人と交流するのが目的だ」

「嫌だ」

「またおまえはそうやって毛嫌いする。祭りくらい行ったことはあるだろう? 同じだ。皆で騒いでくるくる回って踊るだけだ。なにを怖れることがある」

「嫌だ! 西洋の踊りなんて……できるわけねえだろ!」

「ちなみに洋装だぞ。おまえは燕尾服だ。きっと似合うぞ」

「似合わねえよ! 万が一にでも千秋の……特にお館様に知られてみろ。指をさして笑われる!」

「四乃森に婿入りして華族になったんだ。残月殿だって許してくれる」

「無理だ無理無理無理。俺は留守番してる」

具体的な想像はできないが、さぞや滑稽なことになるだろうと予想はつく。慣れない洋装に取って付けたような礼儀作法、付け焼き刃の踊り……なにもかも無理である。拒否反応のあまり、身体中に湿疹が出そうだ。どうせいらぬ災いを呼ぶに違いない。

これでは取り付く島もないと、紅蝶は肩をすくめた。

「千秋家の看板はどうした？　傷が付くぞ」

「この件だけは大目に見て貰う」

「鬼の家名とはその程度なのか？　さて……困ったな。これでは本当に私だけが出席するか。となると漏れなくヒモ夫の完成──」

しかし言いかけた言葉を遮ったのは、不意に開いたドアだった。見ると色葉がおろおろと困惑している。

「あのお嬢様……と旦那様！　と、と、突然にお客様がいらっしゃっていて……」

「千客万来だ。夜野殿はいつも緊急の依頼でやってくるので致し方ない。が、この忙しい朝に約束も取り付けずに押しかけてくるなど、どこのすっとこどっこいかな？」

「それが……！」

だが口を開き掛けた色葉を押しのけて、人影がふたつ現れる。

「お邪魔するわよ」

高い声ではきはきと言い放ったのは、紅蝶より少し年上くらいの可憐な少女だった。

紫蜂が思わずあんぐりと口を開いたのは、その奇抜な見た目である。

ふたつに結い上げた金色の髪は、くるくると巻いてある。黒と赤を基調とした西洋のドレスはレースが鏤《ちりば》められ、どこか退廃的な雰囲気を纏っていた。スカートは大きく膨らみ、足には底の厚い編み上げのブーツ。

紫蜂はちらりと部屋の棚を見た。恐らく西洋から輸入したであろう金髪の人形が飾ってあるが、それがそのまま現実に現れたようだった。

紅蝶はしっかりとその格好を見て、「ふむ」と頷いた。

「なかなか先進的なお嬢さんだ。一体どちら様かな？」

「どうもはじめまして。清須家血誓組、清須一華《いちか》よ。先日はうちの鬼がお世話になったわね」

「ああ清須家の。私は四乃森当主、四乃森紅蝶だ。こっちは夫の紫蜂。千秋家の紫蜂だ」

紅蝶から『挨拶しろ』とばかりに視線を投げられるが、かろうじて「おう」と返事をするのが精一杯だった。そんな紫蜂を、一華は遠慮なしにじろじろと眺めてくる。

「ふぅん。千秋家は有名だけど……京都なんて今ではすっかり田舎よね。道理でパッとしないわけだわ。そんな色の着流しを崩して……野暮ったい格好じゃこの帝都では目立つわよ、紫蜂ちゃん」

「紫蜂……ちゃん？」

聞き間違いだろうか。実年齢は不明だが、いかにも年下な……それも初対面の小娘からちゃん付けで呼ばれるとは。

「紅蝶ちゃんは……うん、可愛いわね。合格よ。もっとレースがたっぷりのスカートとかどう？　今度持ってくるから着てみてちょうだいな。蝶の髪飾りなんかも似合うわね」

「戦う時に邪魔にならなければ検討しよう」

「まぁそれでも、礼を言いに来たのよ。経緯はどうあれ、清須家の問題に巻き込んで悪かったわね。虎丈のこと、どうもありがとう。はい、これはお土産よ。横浜の洋菓子店のシュークリーム」

手に持っていた白い箱を応接用のテーブルに置いたかと思えば、断りもなしに開け始める。中から茶色い塊を取り出すと、問答無用に押しつけられた。そのまま彼女はソファに座ると、室内をぐるりと見回す。

「なかなか悪くない屋敷だわ。まだ新しいし、この部屋の内装も嫌いじゃないわね。あ、早く紅茶を持ってきてくれるかしら。今すぐ食べたいのよ」

どうしたものかと立ち尽くす色葉に、紅蝶は苦笑を浮かべて「頼む」と声を掛けた。

「……かしこまりました」

色葉の態度から察するに、どうやらかなり強引に押しかけてきたらしい。しかし一華の存在感は強烈なのだが、彼女の後ろに佇む男は影のように静かだった。

漆黒の髪にすらりとした長身。二十代の半ばほどだろうか。着ているものは軍服なので帝国陸軍所属で間違いないだろう。切れ長の目をした涼しげな美形である。感情の読めない無表情のままじっと立っているので、見かねて紫蜂は呼びかけた。

「……あんたは？」

「帝国陸軍少尉、穂積《ほづみ》ツマキ。血誓組の相方だ」

「ツマキちゃんもこっちに来て座りなさいな。一緒にシュークリームを食べるのよ。はい、あーん」

言われるがままにソファに座り、シュークリームとやらを食べさせられている。完全に無抵抗の様子だ。やはり見かねて紫蜂は声を潜めた。

「それでいいのか、あんた……」

「円滑な人間関係を築けと上官の命令なので」

「ツマキちゃんは角狩分隊の隊長なのよ。可愛い子でしょう？　いろいろと着せ替え甲斐があるのよ」

「角狩……？」

はっとして問い返す。ツマキは気にも留めずに、淡々と語るだけだ。

「昔は角狩衆という名だったらしい。鬼を狩るための組織だ。今は軍に吸収され、その分隊があるのみ。数年前までは清須家の鬼も討伐対象だったが、羅刹鬼出現からは協力体制にある」

「……なるほどな。今や角狩衆も羅刹鬼に手こずってるってわけか」

「なにか心当たりでも？」

「いや。なんでもねえよ」

まさか古巣の話を聞くとは思っていなかった。かつて鬼を助けたからと刃を向けられたが、今や協力して羅刹鬼を倒すことになっているとは皮肉である。時代は変わるものだと痛感しながら、押しつけられたシュークリームを手で弄ぶ。

すると一華は、テーブルの上の白い封筒を見つけて声を上げるのだ。

「そう、これよこれ！　紅蝶ちゃん達も夜会に行くのでしょう？　例の変死体、うちにも捜査依頼が来たのよ」

「ということは、清須組も夜会へ？」

もくもくとシュークリームを頬張りながら紅蝶が問う。

「当然よ。それがあたしのお仕事なの。どうせ四乃森も行くと思って忠告に来たのよ」

「忠告とは？」

「同じ事件の犯人を追うのは勝手だけど、邪魔だけはしないでちょうだいね」

「ほう。我らは足手まといになると？」

「だって……紅蝶ちゃんはまぁ大丈夫でしょう。華族だししっかりとマナーを習ってそうだからね。でも……問題はこっちなのよ」

一華はじっと、紫蜂の足先から頭のてっぺんまで眺める。

「四乃森伯爵に入り婿が来たって、社交界ではちょっとした噂よ。どれだけ素晴らしい殿方なのかってみんな知りたがっていたけど……こんなに粗野で野暮ったい千秋の鬼じゃね。どう見ても上手くいかないわ。マナーもダンスもできないでしょう？　夜会で浮いて捜査どころじゃないわよ、絶対。図体ばかり大きいから悪目立ちして嵩張《かさば》って邪魔なだけじゃないの」

「ほう……言ってくれるじゃねえか」

さすがに腹に据えかねて、ゆらりと身体を起こす。

「見たままのことを素直に言っただけだわ。悪いことは言わないから、紫蜂ちゃんは大人しく留守番してなさいな。由緒ある千秋の名前に傷が付くだけよ。それとも千秋家はゴロツキの集まりで、こんな芋臭い男を鶯啼館に寄越すほど落ちぶれているのかしら」

「清須家のお嬢ちゃんこそ大丈夫なのか？　初対面の他家の鬼にその口の利き方、清須家は躾のできない無礼者の集まりなのかね？」

「まぁ……うちの家を悪く言うの？　千秋家が恥ずかしい思いをしないように、親切で言っているのに」

「そんなことにはならねぇよ。まだ数日あるだろうが」

「あと数日で全部をマスターしようってことかしら？　できるの？」

「当たり前だ」

売り言葉に買い言葉。こっそりと紅蝶が吹き出しているが、この際気にしている場合ではない。これは千秋家と清須家の面子の問題である。一歩も譲れない戦いなのだ。

鼻息も荒く睨み合っていると、しばらくして一華は「あらそう」と笑う。

「恥をかいても気にしないなら出席しなさいな。無様に醜態を晒すようなら思い切り笑ってあげるわ。ついでに各地の鬼の家に情報を流してあげる。千年続く千秋家の鬼は、礼儀作法もままならないならず者よ、ってね」

「おおやってみろや。そっちこそな、先日の件を恩に着せるつもりはないが、俺達に出し抜かれることなく今度こそ活躍しなきゃ清須家の面目が立たねぇだろうよ。いっちょ頑張れや」

「言ったわね！　別に好きで留守をしていたわけじゃないんだから！　仕事があって帰れなかっただけなんだから！　お館様の命令だったんだもん！」

毛を逆立てる猫みたいに目をつり上げて、一華が立ち上がる。そこをすかさずツマキが押さえ込み、馬にするように「どうどう」と宥めている。随分と手慣れている様子だ。

きーきーと喚く一華を引き摺って、ツマキはきっちりと敬礼をする。

「邪魔をした。では後日、鶯啼館にて」

礼儀正しく一礼をしてから、ツマキと一華は嵐のように立ち去ってしまった。

残された紫蜂は鬼気迫る顔で、紅蝶を見下ろす。力を入れた拍子に持っていたシュークリームが潰れたが、そんなことはどうでもいい。

「やるぞ紅蝶！　ビシバシしごいてくれ！」

「よし任せろ。至急、教師を招いてレッスンだ」

＊

「まぁ紅蝶さん。お久しぶりでございます。夜会へいらっしゃるのは一年ぶりでございましょうか」

「ご不幸がおありだったとか……ご心痛お察ししますわ。以前はお父上とご一緒でしたね。素敵なレディが社交界にデビューされると聞いて、皆浮き足だっておりましたが、本日も素敵なドレスですこと」

「ご結婚おめでとうございます。あちらにいらっしゃるのがご夫君？　まぁ……」

「「素敵」」

夜会当日。四乃森夫妻は目立ち過ぎず、かといって浮かない程度の装いで満を持して大きな洋館へ乗り込むことになった。赤を基調としたバッスルスタイルのドレスを着て、颯爽と現れた年若い伯爵は早々にご婦人方に取り囲まれることになる。

紅蝶は笑顔を作りながら、興味津々と目を輝かせる婦人達の視線を追った。そこには漆黒の燕尾服をさらりと着こなし姿勢も正しく、きらびやかな婦人達に囲まれる紫蜂の姿がある。長めの黒髪を撫で付けて、見たことのない華やかな笑顔を浮かべていた。

出てきた料理は完璧なマナーで完食し、華族の浮ついた会話にも難なく対応している様子だ。どうしても上背があるので、男性参加者の頭ひとつ分は飛び抜けている。おまけに伯爵に婿入りしてきた経緯もあり、目立つことこの上なかった。

野性味ある色男はどうやら受けはいいようで、会場の視線を一身に集めているが、それすらも紫蜂は鮮やかに躱している。

それを見て、紅蝶は苦笑を浮かべて唸るしかない。

紫蜂は小器用な性質だった。雑記帳の隅に花を書くくらいだ。要は『やればできる』タイプの男だ。先日まで「嫌だ嫌だ」と駄々をこねていたとは思えない。

「なるほど。聞いていた通りだな……」

誰にも聞こえぬよう、紅蝶は小さく零す。

京都の千秋家へ訪れる前、幾度か残月と手紙のやりとりをしていた。紫蜂という鬼はそこにいるか。どういう男か。恩を売ったことがあるが、帝都へ連れて行ってもよいか。

残月の達筆な返事には、細かに紫蜂のことが記されていた。そこに嘘はひとつもなかった。実際に会ってみて、しばらく暮らしてみて、紅蝶は確信していた。

あれは優しい男だ。情に厚く義理堅い、律儀に約束を守る真面目な男だ。口は悪いが矜持は高く、弱者を助けてしまう。そしてなにも知らない、哀れな男でもある。

紫蜂の話を聞いたのは、残月からだけではない。かつて共に暮らした、家族と言っても過言ではない人物がいた。父を助け血誓を交わし、肩を並べて戦ったひとりの男。

温和で優しく面倒見の良い、兄のように慕った男だ。同時に、父を殺した仇でもある。

その男は、千秋の名を持っていた。

紫蜂をよく知っていると言っていた。あれはよく出来た男だと、何度も聞いた。かつて鬼を狩る組織の一員だったが、故あって鬼となった。誰にでも好かれ、教えればすぐに吸収する器用な鬼である。親である残月の血を色濃く継いだ、千秋家の要のひとりであると。

目を細めて儚い雪のように笑う白髪のその鬼を——零泉という。

何故、父と契約を交わしておきながら、父と屋敷の人間を殺したのか。その理由は未だわからない。だがこの目で見たのだ。父である蛍斗の首筋を千切れんばかりに食い裂き、燃えゆく屋敷で血に濡れた狂気の目でこちらを見る姿を。

家族だと思っていたのに。積み重ねてきた信頼が、憎しみに転じるのにそう時間はかからなかった。必ず捜し出し、この手で仇を討つのだ。しかし杳《よう》として行方は知れず、向こうから現れる気配もない。このままでは何年……何十年かかるかわからない。その焦りはあった。向こうは人間の数倍の寿命を持つ鬼である。もはや悠長に手段を選んでいる場合ではないのだ。

現れないのならば誘《おび》き出《だ》せばいい。零泉は紫蜂に対して少なからず執着しているようにも見えたのだ。それに残月から聞いた。紫蜂は零泉を捜していると。残月は名前こそ出さなかったが、恐らくこちらの思惑に気付いているだろう。残月と面会した折り、あまりにも零泉の面影が色濃かったので、思わず言葉を詰まらせた。その際、なにかを悟ったように千秋家の当主は微笑んだのだ。

つまり紫蜂には鬼が持つ嗅覚で積極的に捜してもらえれば、こちらも助かるというものである。向こうも紫蜂に接触を試みようとするかもしれない。逆に紫蜂が、零泉を捜し当てるかもしれない。ひとりで当てもなく歩き回るより、余程確率は上がるだろう。

そう、この結婚は紫蜂を利用して己の復讐を遂げようという、実に不義理な行為なのだ。紅蝶の思惑も知らず、真実も知らされず、紫蜂は真面目に己の役割を演じてくれている。本音では嫌に違いないのに洋装に身を包み、艶やかな笑みを浮かべて社交場へ連れ立ってくれた。優しい男なのだ。

だからこれ以上、情を寄せてはいけない。いずれ紅蝶の思惑を知り、嫌悪の目を向けられるのだから。なにもかも頼ってはいけない。信用してもされてもいけない。その優しさに付け込んで、甘えてはいけないのだ。いつか離れる時に、辛くなるから。

妻という立場を利用してそれとなく振る舞いながら、共に日々を過ごせればそれでいい。愛されようなどと思ってもいない。過ぎた願いなのだから。淡々と零泉を誘き出し、殺すか殺されるかの果てに紅蝶の真意を知り、呆れて軽蔑して千秋家へ帰ってもらえばいい。それだけだ。あれの首輪は千秋のもので、四乃森ではないのだから。

仄暗い視線で紫蜂を眺めていると、それを愛する夫に向ける熱視線と受け取ったのか、周囲の婦人達がため息を零す。

「それにしても、紅蝶さんが爵位をいただくなんて、皆驚きでしたわ」

「女性初の伯爵なんて、素敵ですこと！」

「お父上も鼻が高いことでしょう。あんなに立派なご夫君がいらっしゃる上に、貿易業の社長までなさるとは」

「……ありがとうございます」

周囲の賛辞に、形ばかりの礼を返す。

肩書き、というのは不思議なものだ。不意に父を失い、当主という役が転がり込んできた。途端に周囲の見る目が変わった。華族の令嬢から一族の当主へ。伯爵という役も継がねばならなくなった。それはつまり、命を賭してでも責務を全うし次に繋げよという、呪いのようだった。自分の立っている場所がわからなくなったのだ。親も兄弟もなく、たったひとりで前へ進めと背中を突き飛ばされたようなものだ。早く父に追いつけと、後ろから叱咤されている気分になる。

心細くて、恐ろしかった。誰かに傍に居て欲しい、共に歩める連れが欲しかった。

思えばいつも感じていた。自分の居場所は何処にあるのかと。父は、物心ついた時からいつでも凛と誇り高い人だった。職務に明け暮れ、一緒に過ごすことも少なかった。気が付けば零泉という鬼と一緒に居ることが多くなっていた。そこに紅蝶が入る隙間はなかったのだ。いつも遠くからふたりを眺めていることしかできない。正直、零泉が羨ましいと思ったこともある。父と対等に話ができ肩を並べて戦う、絶対的な居場所があるのだから。四乃森という家に、子供で女である自分は異端のように感じていた。

だからこそ、居場所が欲しかった。紫蜂と結婚することで妻として、血誓を交わすことで相方として、ようやく自分が何者かになれそうな気がしたから。

しかしこの関係も長くは続かないだろう。自分の欺瞞が作り出した、幻影のようなものなのだ。いつかは消える。であれば、一時の思い出として今の境遇を享受してもいいだろうか。

(それくらいは許してくれますか、父さま)

その代わり、復讐は辞さないつもりだ。父の信頼と命を奪ったのだから。その報いを受けて当然である。

興味に目を輝かせる婦人達と取り留めもない話に興じていると、しっかりとした足取りで紫蜂がやってくる。取り巻く淑女達を丁寧に追い払いながらだ。顔は笑っているが、明らかになにか言いたそうではある。

察して紅蝶は、自らを囲むご婦人方に断りを入れ、場所を移した。会場の隅で落ち合うと、人目を忍んで紫蜂は盛大なため息をついた。

「大丈夫か、紫蜂」

「……なんで俺が京都の呉服屋の坊々《ぼんぼん》ってことになってるんだ」

「そういう設定でいくと言っただろう？　千秋家では機織りをしていると聞いたぞ。蚕を飼って糸を紡ぎ、屋敷の中で機を織る。そうして出来た反物を町に卸す。間違ってないぞ。まさか鬼が織っているとは誰も気付くまいが」

「自給自足じゃ暮らしていけねぇからな。いくらかの金銭がねぇと、鬼だって生活できねんだ」

「少し見せて貰ったが、質の良い絹だった。四乃森で買わせてくれと残月殿にお願いしたんだ」

「おお、そうかよ。毎度あり」

言って紫蜂は、疲れたとばかりに肩をすくめた。

「しかしまぁ、ダンスってのはしんどいな。さっきから何度も何度もくるくる踊って目が回りそうだぜ」

「なかなか堂に入ったダンスだったぞ。おまえに相手をして欲しいご婦人はまだまだいそうだし。それに私も私で捕まっていたんだ。おまえと同じで、よくわからん紳士の相手をしてくるくるしている。お互い様だ」

紫蜂は「はん」と鼻を鳴らすと、首元のネクタイに手をやる。

「今すぐ脱いで床に叩き付けて踏み荒らしたいだろうが、もうしばらく我慢してくれ。私も窮屈でいけない」

「………」

紫蜂は無言でこちらの姿をじっと眺める。釣られて目をやるが、ドレスなど柄ではないし、似合っているとも言い難い。なにより動きにくいのだ。

「存分に笑ってくれていいんだぞ。馬子にも衣装だとな」

「俺に洋装の善し悪しはわかんねえけどな……別に悪くねぇんじゃねえの」

「ほう。おまえは優しい男だな」

にこりと微笑むと、明らかに紫蜂は面食らった顔をする。

「まぁ……新妻を褒めておかないとな。衆目があることだしよ」

「で、どうだ？」

促すと、途端に紫蜂の目が真剣味を帯びてくる。

「ちょっとばかり面白い話を聞いた」

「聞かせてくれ」

「ここに集まる連中には、今ちょっとした流行があるんだと。健康や美容のためとかで、医者にかかるんだそうだ」

「美容？　病気ではなく？」

「ああ。特に怪我や病気でもないのに、血を抜くんだとさ」

「血を？」

「瀉血《しゃけつ》とか言ってたな。身体の中の悪い血を抜いたら元気になったり、肌艶が良くなるとかで、医者にそういう治療をしてもらうんだって話だ」

「ほう……」

低く唸って顎に手をやる。伊達に百五十年を生きているわけではないらしい。ご婦人方から情報を引き出すのも手慣れたものだ。それだけ人生経験が豊富だということだが、少しだけ面白くないのは何故だろう。

「であれば、例の変死体……その医療行為の行き過ぎた結果か？」

「わからんが……もしかしたら羅刹鬼や鬼の仕業じゃなくて、人間の医者が犯人って可能性もあるかもしれん」

「ふむ」

「それにしても金を払って血を抜くとか意味がわからんな。そもそももったいねえし……別にここに集まる連中を見ていても、特段不健康だとは思わねえけどな。日の下を歩けて美味い飯が食えてるなら、それでいいじゃねえか」

「金と暇を持て余した華族の道楽の一種かもしれないな。その治療をする医者とは誰だ？」

「何人かいるらしい。が、行方不明になった連中は、漏れなく瀉血の患者のようだぜ」

「なるほど。であれば医者の情報を集めるか、或いは――」

「あー！　紫蜂ちゃん！　紅蝶ちゃん！　やっと捕まえたわよ！　ちょっとその服見せなさい！」

きんきんと響く声が凄い勢いで近づいてくる。目をやると今日もひらひらとレースのついた黒のドレス姿の一華が、猛然と走ってくるところだった。その後ろからはやはり影のようなツマキが音もなくついてきている。こちらは軍服だ。

「……おまえらか」

面倒なのがやってきたとばかりに、紫蜂は再び盛大なため息を零す。

「なによ！　あたし達も来るって言ったでしょう？　少しばかり見させてもらったけど、思っていたよりちゃんとしてるじゃない。というか……いいわ！　磨けば光る原石なのね、紫蜂ちゃんは！　意外よ！　驚きよ！　燕尾服も素敵！　さすが四乃森家ね、いい生地使ってるわ」

言いながら紫蜂の上着を撫で始める。

「やめんか、鬱陶しい！」

「紅蝶ちゃんも見せてちょうだい！　もうちんまりとしてて……可愛いわ！　赤も似合うのね！　いいわ！　キュートアンドエレガント！」

声高に言い放ち、後ろから抱きしめられ頬ずりまでされてしまう。されるがままにしつつ、紅蝶も平然と返す。

「おまえも可愛いぞ、一華。黒がよく似合うな」

「紅蝶ちゃん……！　もっと言って！　もっと褒めてちょうだい！　どれだけおめかししてもツマキちゃんはなにも言ってくれないから、あたし寂しかったのよ！」

「穂積少尉、レディは褒めるものだぞ」

「善処しよう」

ツマキは無表情で淡々と語る。紫蜂は頭が痛くなったのか、額を押さえて呻いた。

「……いいからおまえら、遊びに来たんじゃねえぞ。例の件はどうなってるんだ」

「なんで敵に塩を送らないといけないの？　千秋家に情報なんかあげないわよ」

口を尖らせてぷいっと余所を向いてしまう。どうあっても千秋家には負けたくないという敵対心が剝き出しである。他の家と協力するなど、鬼の世界ではあり得ないのだろう。紅蝶はひとつ息を吐くと、一華の頭をよしよしと撫でる。

「一華、私は敵だと思っていないぞ。一致団結して共に戦おうとは言わないが、今は行方不明者の捜索と、次の被害者を出さないことが先決だ。目の前でみすみすと犠牲者を出すわけにもいくまい。そうなれば清須家のプライドもなにもあったものじゃないぞ。こちらは紫蜂が仕入れた話を提供しよう」

「紅蝶ちゃん……なんて大人なの！　あたしの半分も生きてないのに！」

一華はむぅと唇を尖らせてから、ひしと抱きついてくる。兄弟姉妹のいない紅蝶にとっては姉か妹ができたみたいだ。なんだか嬉しくてこっそりと笑みを零す。

紫蜂は諦めた様子で肩をすくめると、先ほどと同じ内容の話を繰り返した。ツマキの表情は変わらないが、一華ははっきりと顔を顰める。

「なんてもったいない話なの！」

「まぁ、そう言うわな」

「あたしもいろいろ聞いて回ったけど、瀉血までは出てこなかったわ。ただ十代二十代の若い子が足繁く病院に通ってるって言うのは聞いたわね。身体の中の悪いものを出して、すこぶる綺麗になるとか。どんな美容方法なのかちょっと興味あったけど……血を抜くなんてね。人間ってよくわからないわ」

「正直、眉唾もんだな。血を出して肌艶が良くなるってんなら、今頃俺はぴかぴかよ」

「あぁー、紫蜂ちゃんは血の気多そうだものね。もっと出した方がいいんじゃないのかしら？　ぴかぴかを通り越して若返るわよ。その方が幼い精神年齢と見合うんじゃないの？」

「おまえもな」

「あたしはいつでもぴかぴかだもん！　見なさいこのきめ細やかな肌を！　艶々でしょう!?」

「興味ねえよ」

「なんですって!?」

途端に猫のように一華の目が吊り上がる。間に挟まれている形の紅蝶は、さながら家族の長子の気持ちだった。手の掛かる弟と妹の仲裁をしなければならない。

「喧嘩をするなふたりとも。血を抜かれた遺体に、瀉血をする医者。まるで無関係ではないだろう。そうだな、とりあえず華族が出入りする医者か病院をリストにしよう。特に夜会に参加している者だ。後は被害者が同じ医者にかかってくれていたら簡単なんだが」

「……陸軍の情報班にも協力させよう」

言葉少なに語るツマキに、紅蝶は頷く。

「頼めるか、少尉殿」

「承知した」

「であれば、こちらの情報網も使って過去の夜会参加者も調べよう。陸軍の情報と合わせればどこかに手がかりはあるはずだ。膨大な数になるが、手を回せばできないことはない。そこから医療関係者を洗い出せばなにか見つかるだろう」

そこまで言って顎に手をやる。他に見逃していることはないか、今できることはないか。思案していると、紫蜂が腕を組む。

「差し当たっての問題は、今夜の参加者に犯人はいるかどうかだな。鬼や羅刹鬼が交ざっている可能性もなくはねえ。手当たり次第に職業を尋ねれば当たるかもしれんが、嘘をつかれたらどうしようも――」

そこまで言いかけて、弾かれたように不意に余所を向く。一華も同時にはっとして周囲を見回している。

「どうした？」

「血の臭いだ」

それだけ言うと、途端に紫蜂の瞳孔が僅かに開いた。一華もそうだ。吸血鬼ふたりの異変に、紅蝶とツマキは顔を見合わせる。

「捜そう」

強い調子で言うとツマキが頷いた。すぐに紫蜂が会場の一角を指さす。

「一華、あんたは向こうだ」

「わかってるわよ、命令しないで！」

反発する様子で言い返すが、ここは素直に従ってくれるらしい。一華とツマキは人混みを避けながら、紫蜂が差す方向へと向かっていった。

「場所は特定できないのか？」

「人が多すぎる。おまけに化粧だ香水だと匂いが強いのが多いからな……風に乗ってふわっと薫った程度だし、すぐに見失いそうだ」

「こんな煌びやかな夜会で血を見るなど、ただ事ではない。まさか瀉血とやらをしているのではないだろうな」

「わかんねえな。とにかく追ってみる。ついてきてくれ」

『わかった』と返すと、すぐに紫蜂は歩き出した。これが鬼の持つ独特の嗅覚である。

血の臭いには殊更敏感なのだ。微かな臭いを頼りに人波を掻き分けて、あちらこちらと歩き回る。

気が散らないようにと声は掛けなかった。すると彷徨う様子だった紫蜂の足取りが、次第に力強くなる。ちらりと見上げると、それに伴って瞳孔もどんどん開いている。

やがて辿り着いたのは、会場を通り過ぎた人気のない廊下だった。大した灯りもなく、じっとりと絡みつくような薄暗さが漂っている。奥を見据えたままで紫蜂はその先へと踏み込んだ。

その時、ちらりとなにかが動く。目を凝らすと、どうやら白いドレスの女性が先を歩いている様子だ。紫蜂と目を見合わせてから足早に近づく。

「失礼。この先にはなにがあるのかな？」

紅蝶がそう声を掛けると、女性はぼんやりとした目を向けてきた。

「大丈夫よ。すぐに戻るわ」

その言葉にはっとする。これまでの行方不明者が口にしていた台詞ではないだろうか。

思わず紫蜂を見上げると、彼の目は女性の首元に注がれていた。促されて見ると、小さな穴がふたつと、そこから流れ出る血が一筋。吸血鬼が噛んだ痕だ。

紫蜂は直ぐさまに察し、女性の肩を摑む。

「おい、しっかりしろ。あんたに噛みついたのは誰だ？　どこにいる？」

「行かなくてはいけないの。すぐに帰るわ。邪魔をしないでちょうだい」

言うなり、彼女は紫蜂の手を振り払って駆け出してしまった。あっという間に闇の中へ溶けて行く姿を、紅蝶と紫蜂は反射的に追いかける。

女性がするりと滑り込んだ最奥の部屋。何故かぴりぴりと肌が粟立つが、追って飛込むと、部屋を満たすのは刺すような冷気だった。

顔を顰めて女性を捜すが、彼女は大きな窓を背にして立っていた。奥にもうひとつ、人影がある。明るすぎる月が逆光になって顔はよくは見えなかったが、黒衣の男だった。

こちらに気付いて何ごとかを呟いているが、それもよく聞き取れない。しかし、女性を連れ去ろうという腹積もりだったのだろう。それが叶わないと悟ったのか、すぐに身を翻した。

「逃がすか！」

紅蝶はガーターホルスターから小さな銃を取り出して、即座に構える。同時に紫蜂も床を蹴った。燕尾服に大太刀を所持するわけにはいかなかったので、先日言ったように殴りかかろうとしたのだろう。

しかしふたりが狙いを定めた瞬間、男の身体が文字通り霧散したのだ。人の形を失いただの霧となって漂った矢先、すぐに後ろの扉を開け放った人物がいた。

「紫蜂ちゃん！　そこにいるわね！」

一華とツマキも血の臭いを追ってきたのだろう。ふたりが姿を現したと同時に、霧は素早く動いた。締め切った窓の隙間を縫い、生き物のような動きで外へと逃げたのだ。

舌打ちして紅蝶は窓を開け放ったが、すでに霧など微塵もない。夜空にあっという間に消えてしまったのだ。追う術がない。

苦い顔で振り返ると、倒れていた女性をツマキが抱え起こしていた。声を掛けているが、これには反応がない。

そして立ち尽くしている紫蜂と一華は、お互いに顔を見合わせている。

「……見たか？　霧になったぞ」

「間違いないわね」

察した風のふたりに、眉を寄せて呻くように問う。

「あれは……なんだ？　羅刹鬼か？」

「ありゃ、異国の吸血鬼だ」

＊

四乃森邸のバルコニーに、紫煙が立ち上る。

濃紺の着流しを崩し、煙管に火を付けた紫蜂は細長い煙を吐き出した。ゆっくりと昇る煙に手を伸ばし、やおら摑んでみる。だが実体のない煙はそのまするりと手の間を抜け、すぐに消え失せた。あの霧のように。

「さて……どうするかな」

低く呟いた頃、寝間着に着替えた紅蝶がやってくる。

「明日の一番で九我に連絡を取ろう。今日の夜会に出席した医師を捜すんだ」

「放珈堂には俺が行く。あんな煙臭いところにあんたをやれねえ」

煙草を何本も吸い尽くす男ばかりの空間だ。紅蝶のような小娘にはどう考えても不向きである。しかし紅蝶は、きょとんと目を丸くする。

「それはなんの気遣いだ？」

「なにかあったらどうすんだって言いたいんだよ。声を掛けてくる輩がいるかもしれねえだろ」

「即座にぶっ飛ばしてやるぞ」

「血誓組のあんたがぶっ飛ばしたら、普通の人間はただじゃすまねえ。目立つなって言ってるんだ」

「ふむ。なら私は夜会の主催者に会いに行こう。参加者の一覧があるだろうからな」

「そうしてくれ」

呆れながら呟いて、紫蜂は鶯啼館での出来事を思い出す。噛まれたあの女性に対し、ツマキの対応は早かった。直ぐに病院を手配して搬送させようとした。しかし紫蜂と一華はそれに渋い顔をするしかなかった。医師に診せたところで、恐らく意味はない。

紅蝶は必死に声を掛けていたが、女性の反応は芳しくなかった。意識があるのだが、なにを聞いても恍惚とした表情で「すぐに戻る」「綺麗になりたい」「お医者さまに診て貰う」、これだけだったのだ。しかし可能性の道は開いた。捜すべきは異人の医者である。

紫蜂はゆっくりと煙管を燻らせた。

「相手が異国のやつなら、捜すのも楽なんじゃねえか？　片っ端から異人の医者を当たればいい」

「おまえが思っているよりも多いぞ。今の医療は西洋医学がメインだ。教えを請うため、西洋から医師を招いているからな。帝都にも多く在住しているし、お抱え医師にしている華族も随分とある」

「そんなにか」

「詳しく教えてくれ。私はあれに出会ったことがない」

「ああそうだな……」

細く煙を吐き出してから、記憶の糸を手繰る。

「俺も二度三度見たことがあるくらいだ。あとは噂話の域だが……日本の吸血鬼と異国の吸血鬼はいろいろと勝手が違う。共通するのは日光が嫌いで人の血を吸うってことくらいだ。どうも異国の連中は、姿を霧に変えたり蝙蝠になったりするらしい」

「なんだそれは。化け物じゃないか」

「正直、千秋家が異国の連中と関わったって話は聞いたことないな。基本はお互い不干渉だ。言葉も通じねえし利もねえからな。四乃森だって過去に戦ってきたはずだぞ。資料は残ってないのか？　親父さんに教えられたことは？」

「いつか聞いたことがあるかもしれない。十字架を見ると逃げ出すとか大蒜《にんにく》を嫌がるとか……本当かどうか知らないし、私が実戦に出る頃には羅刹鬼が出張っていたからな」

「大蒜？」と問い返してから、眉を寄せる。

「嫌がって逃げられてもなぁ……致命傷を与えないと駄目だ。危なくなったら、さっきみたいに霧になって逃げちまうからな」

「父が残した書類を見てみる。あの女性の様子はどう思う？」

「異国の連中は、血を吸った相手を支配することができるんだとよ。眷属って言うんだがな。眷属はやがて吸血鬼になる」

「なら、おまえは残月殿の眷属なのか？」

「日本では家族とか一族とか呼ぶ。眷属ってのは、自分の意思もなく理性もなく、ただ親の言うことを聞いて生き血を啜るだけの下級の鬼のことを指す。俺らはな」

「おまえは意思もあるし理性もある。なるほど、あの女性は眷属になってしまったと言うことか。しかし吸血鬼になってしまうのは困る。どうにかならないのか？」

「そうだなぁ……」

紅蝶の執務室から勝手に拝借した灰皿に、とんとんと火皿から灰を落とす。

「完全に吸血鬼として覚醒するよりも前に、噛みついた吸血鬼を始末すれば元に戻るとかなんとか。だが実際に見たことはないし、人伝に聞いた話だ。確かだとは言えないが、可能性としては有りだろうな。ただ、覚醒までにどれくらいの時間が必要かは知らない。明日かもしれねえし、十日後かもしれねえ」

「兎にも角にも一刻も早くやつを見つけ出し、始末しろということか」

「そういうことだ。眷属なんて、俺から言わせれば『なり損ない』だ。まともに受け答えもできない状態で吸血鬼なんて言われても、気分が悪いぜ。一緒にするなって話だ」

言葉も違えば風習も文化も違う。古来より日本の鬼と異国の鬼は、相容れることはなかったのだ。

「俺だって『お館様の言いなりになるだけの化け物になる』なんて言われたら鬼になろうとは思わなかったな。薄気味悪いんだよな、眷属なんてよ」

ぶつぶつと呟いて、新しい刻み煙草を取り出す。これも勝手に拝借したものだ。思い出してちらりと紅蝶を見るが、特に咎める様子はない。が、なにかを聞きたそうにじっとこちらを見上げてくるのだ。思わず煙草を丸めようとした手を止める。

「なんだ？　これ、勝手に持ち出しちゃ悪かったか？　高いやつか？　売り物か？」

「……おまえは何故、鬼になった？」

「あ？」

「いや……いい。なんでもない。忘れてくれ」

まただ。一歩踏み込もうとして、止めた。聞いてみたいという好奇心はあるのに、それを良しとしない自制がある。妻を自称するなら、知っておきたいという気持ちはわからなくもない。一歩退いたのは、これはあくまで契約だという割り切った立ち位置を自覚しているからなのか。

どちらにしても、年に似合わぬ態度だ。自分が十六歳の頃は、こんなにも難しくあれこれと考えて動かなかったのに。

紫蜂は指の先で煙草を丸め、火皿にぎゅっと詰めた。次いで、この前煙管と共に渡されたマッチを摑む。一擦りで火が付くという舶来の品だ。生意気なことに便利この上ない。流れるような動作で煙草に火を付けると、口に含んだ煙を吐き出す。

「そりゃ……単純に死にたくなかったからさ」

答えが返ってくるとは思わなかったのだろう。紅蝶ははっとして顔を上げた。

「俺は昔、角狩衆でな。日本中を駆け回って、鬼退治の日々だったわけだ」

「……残月殿から聞いた」

「おお、そうか。でも皮肉でな、ひょんなことから鬼の子供を助けようとしちまった。俺はたちまち裏切り者よ。当時の角狩衆は血の気の多い連中が多かったからな。当然、処分される」

凍えるほど寒い夜を思い出す。降り積もる雪と、静かに佇む白髪の鬼。

「今にも死にそうな時に聞かれたんだ。このまま死ぬか、鬼になって生き延びるか」

「それが残月殿か？」

「いや。お館様の兄貴で、零泉って鬼だ」

「…………」

「人間なんてのは欲深いもんでな。角狩衆をやってた時はいつ死んでも構わんと粋がっていたが、いざ自分が死ぬと悟ると途端に命が惜しくなった。正に藁にも縋りたいってやつだ。死にたくない一心で、俺は縋っちまったんだな」

口をすぼめて煙を吐き出す。綺麗な輪を描いた煙は、すっと立ち上って消えた。

「自分の生きる意味とか、命の価値とか……柄にもなくそんなことを考えた。このまま人生を無意味に終わらせるくらいなら、鬼になってもいいってな」

「命の価値……」

「大層な覚悟や矜持を持っていても、絶望に叩き落とされた人間は弱いもんだ。どんな小さな光でも、見つけようもんなら一心不乱に摑もうとする。正義とか善悪とか、そんな倫理観はどっかいっちまう。そこにしか希望がないとわかった途端、とにかく必死に縋る。選べとは聞かれたが、答えなんて端からひとつしかないんだわ。そのまま千秋の屋敷に運ばれて、目が覚めたら鬼になってた。そんだけだ」

「……おまえの命の価値は、鬼になって摑めたのか？」

「どうだろうな。だが後悔はしてねえよ。俺の素性を知っても、千秋の鬼は受け入れてくれた。わけもわからんまま、あれこれと暮らしていくうちに、そこが居場所になった。お館様はあの見てくれで随分と恐ろしいし、子供は屋敷中を走り回るし、女連中は機織りに忙しい。男連中は気の良い奴らばかりで、一緒に飲む酒も美味い。急に親兄弟ができた気分だった。気が付いたら百年以上そこにいる。すっかり実家だよ」

「そうか」

そう呟いて、紅蝶は硬く唇を結ぶ。なにかを葛藤している顔だ。

「今のうちに聞いとけや。あんたはいつも我慢しすぎだ」

「……おまえを助けた鬼は……どういう男だ？」

「零泉か？　ほわっとしてる兄貴みたいなやつだな。鬼のいろはを教えてくれた恩人だ。どうにも異国気触れでな。どこからかいろんな品を手に入れてくる。そんで結果的に面倒事を起こして巻き込まれるのが落ちだ。いつだったか……奇妙な瓶に入った水を持ってきてな。蓋を開けたらポン！　って音がするんだわ。しゅーしゅー言って泡は出るしで……新しい銃かと思って俺は思わず刀を抜いた」

ははは と笑って煙管を吸う。てっきり紅蝶も笑うと思った。いかにもおまえらしいなと。しかし彼女は押し黙ったまま、眉を寄せて黙り込んでしまった。

「どうした？」

「その零泉は……どうしている？」

「三十年前くらいにふらっといなくなった。京は捜すだけ捜したが見つからねえ。新しもの好きなやつのことだ。もしかしたら帝都にいるかもしれねえと思ってはいるが、どうだろうな。ま、見つけたら千秋家に戻るように言うつもりだ。ああ見えてお館様は心配してるし、零泉だって根っからの寂しがり屋だ。あいつを見つけて千秋家に返すことが、俺のせめてもの恩返しだな」

「見つかりそうか？」

「さてな。気長にやるさ」

「もうひとつ、聞いていいか？」

「おう」

「『親』以外の鬼が……例えばおまえのように、人間を鬼にすることはできるのか？異国の吸血鬼のように、噛みついた人間が一族になるとか」

「うん？」とひとつ唸って、ゆっくりと煙を吐き出す。

「そこいらの日本の鬼はな、血を吸った人間を吸血鬼になんかできねえ。あれは選ばれた極少数の鬼だけができることだ。だから『親』なんだ。始祖とも言うらしい。そういう由緒ある血筋の一部の鬼だけが『親』になり『家』を作る。異国の連中みたいに、血を吸った人間が片っ端から吸血鬼になってみろ。そこら中が吸血鬼だらけになるぞ」

「そういうものか？」

「それだけ俺らにとって『親』ってのは絶対だ。だから親は子供を厳しく躾ける。無法させないように、家によって仕来りや禁忌《きんき》がある。これを破ると追放だ。追っ手がかかる」

「厳しいものだな」

「人間を襲う吸血鬼は、大体がその無法者だ。角狩衆や四乃森が追うのは、そういう害のある鬼だったはずだ。善良な普通の吸血鬼は分別があって大人しいもんだよ」

「おまえのようにか？」

「おうよ。千秋家で俺ほど慕われている鬼はいねぇ。みんな紫蜂を手本にしろとお館様が言うくらいだ。すげえだろ」

大仰にふんぞり返ってそう言うと、ようやく紅蝶が笑った。そのことにいくらかほっとしている自分に気付いて、内心首を捻る。まぁ、目の前の女子供がしかめっ面をするより、笑っていた方がいくらか良いはずだ。灰皿に灰を落として火を消すと、紅蝶の髪をぐりぐりと撫で付けた。

「よし。ならもう寝ろ。明日から忙しいぞ」

「一緒に寝てやってもいいぞ」

「いらん」

「信用ならんか？　残念だ」

そうは言うものの、大して残念そうにも聞こえない。いや、期待半分諦め半分の様子だ。まったく真意が摑めない。

不可解だとばかりに、紫蜂はこっそりと首を傾げるのだった。

*

「やれやれ。相変わらず珈琲とやらの臭いは慣れねえな」

翌日の昼過ぎ。放珈堂を後にして、紫蜂は袖の臭いを嗅いでみる。あの豆を煎った焦げた臭いが染みついているような気がしたのだ。

袖を振りながら、先刻の出来事を思い返す。九我は今日も紫煙の煙るソファで、必死に書き物をしていた。血を抜かれた変死体のことはすでに知っていたようで、その容疑者が異国の鬼かもしれないと告げると、途端に目を輝かせていた。異人の医師の調査は任せて欲しいと、紫蜂を置いて店を飛び出してしまったのである。この昼日中に元気なことだ。だからあんなに顔色が悪いのだとひとり納得しながら、勝手に注文された珈琲をちびちびと飲み干した。飲まずに残すにはもったいない。安くはないのだ。

「……飲んでると美味く感じるのは気の所為か？　いや、気の所為だな。あんな異国の飲み物、美味いはずがない。さっさと海の向こうに帰れってんだ」

はんと鼻を鳴らし懐手《ふところで》で歩いていると、妙に調子の良い声で呼び止められた。

「そこの旦那！　そう！　そこの背の高い色男の旦那！　気っ風が良さそうじゃないか。この平野水《ひらのすい》を買っていかないか？」

「なんだ？」

見ると通りの面した小さな商店だった。店頭にはこれ見よがしに緑色の瓶が並べられている。日に焼けた店主の男は、これを売る気満々といった様子だった。

「兵庫の霊験灼《れいげんあらた》かな鉱泉を瓶に詰めた『平野水』！　万病に効く強壮剤だよ！　蓋を開ければしゅわっと爽快！　たちまち帝都で大流行！　これを飲まなきゃ明治の世は渡っていけないね！」

「しゅわっと……？」

思わず立ち止まり、手に取ってみた。瓶の形状は違うが、もしやいつか零泉が持って帰ったあの泡立つ水のことだろうか。

持った瓶を日の光に透かしてみると、無数の泡がゆっくりと上っていく。あの日見た、零泉の顔を思い出した。

＊

「うおぉ!?　びっくりした！」

　京の山奥、千秋家。確か江戸の終わり頃だっただろうか。零泉が持ち帰ったのは、卵を細長くしたようなガラス瓶だった。まだ太陽が沈まない時間に呼び出され、それを勢いよく振って、そのまま手渡された。「開けてみてくれ」と言うので、素直に栓を抜いた瞬間、大きな破裂音と共に泡が吹き出したのだ。

　思わず瓶を取り落として腰の刀を抜いてしまった紫蜂を、零泉は邪気の無い顔で笑う。

「あっはは！　まさか刀を抜くなんて……これは予想外でしたね」

「あんたな……またどうせ船来の物だろ。わかってんだよ。俺を驚かそうってんだろ？　毎度毎度そうはいかねえって」

　完全に負け惜しみである。吹き出した汗を拭って納刀する。零泉は瓶を拾い上げて口を付けた。よくもまあ躊躇なく飲めるものだ。呆れて眺めていると、彼は目を細める。

「浦賀に黒船が来たでしょう？　あれに積まれていたそうですよ。飲んでみます？」

「いらねえ。まったくいつもいつも……どうやって手に入れてくるんだよ。異国絡みはいつだって面倒なことになるんだ」

「それは秘密です。しかし、あなたのその『異国嫌い』が治れば、名実共に千秋一なんですけどね。あれもこれも毛嫌いして、今後やりにくいですよ」

「うるせえな……。別に一番になりたいわけじゃねえよ」

ため息をついて、その場に腰を下ろす。千秋家の庭はいつでも綺麗に整備されていて、この時期は桜が満開だった。

「いや、あんたには感謝してるんだ。右も左もわからん俺に付きっ切りで、鬼のいろはを教えてくれた。身体の使い方もなにもかもだ。あんただって暇じゃないだろうに」

「私が鬼に誘ったんですから当然ですよ。あなたは優秀な生徒でした。教えたことはすぐに覚えて、実行できるのは希有です。私などあっという間に追い越されてしまいましたからね。今やすっかり千秋家になくてはならない存在ですよ」

そう言って、紫蜂の隣に腰を下ろす。その横顔を見て、少しだけ顔を曇らせた。

零泉は当主である残月の実の兄だ。よく似ている。しかし片や『親』という存在。時が止まったように少年のまま歳をとらず、その能力は絶大だった。吸血鬼の始祖とも呼ばれる数少ない存在で、人望も厚い人格者。慕う鬼は数知れず、しかしそれを驕らずいつも穏やかだ。怒らせれば怖いものだが、それもまた親の深い愛故である。

対して零泉は穏やかでありながら、中途半端な存在だった。紫蜂を鬼に誘って約百年。明らかに少しずつ歳をとっていく。そればかりか、鬼特有の腕力も嗅覚も剣の腕も、年々と衰えているのがわかる。特にここ数年は、若い鬼衆を率いていた役割を紫蜂に譲り、気分のままにあちこちを放浪して、目新しい物を見つければ土産に持って帰る日々だ。まるで隠居した老人の道楽のように。

そんな調子なので、千秋家の重要な位置付けに名を連ねるわけでもなく、ただ『残月の兄』というだけの気紛れ屋。千秋家の新入りには、その程度の認識しかされていない。

それが紫蜂には悔しかった。日々の鍛錬を怠らなければ、もっと会合に顔を出していれば、その豊富な知識を一族の為に使えば……新参者に侮られることもないだろうに。

「零泉、あんまり千秋を留守にするなよ。あんたの顔も知らないなんて言い出すやつも増えだした。家に残ってもっとお館様を支えるとか――」

「私の居場所は、もうここにはないんですよ。あなたもわかっているでしょう？　私の鬼としての力は、日々衰えていくばかり……。こんな私が若い衆になにを言っても、説得力などありません」

「そんなことねぇよ。もうちょっと辛抱強く構えてみたらどうだ。そうだ。あんたが舶来品を仕入れて、それを売るとかどうよ？　ある程度金子がねぇと、俺達だって立ち行かねぇ。あんたの特技を生かしてだな――」

「最近よく考えるんですよ。私が生きている間に、なにかを残せただろうかって。私の命に価値はあったのかと」

「命の価値……」

いつか紫蜂も考えたことだ。人間として死んだ日に、まざまざと浮かんできた問いだ。

「鬼にだって寿命はあります。枯れるように死んでいく者を、たくさん見てきましたから。今更、死ぬことに対する恐怖はありませんが……自分という存在がなかったことになるのが恐ろしいのです」

消え入るように呟いて、零泉は自分の手を見つめる。

「残月が羨ましい。親という絶対的な役割を持っている。あなたという家族がいる。決して揺るがない絆がある。しかし私には……それがない」

「そんなことねぇって。あんたを慕うやつもいっぱいいる。もうちょっと周りを見ろよ」

「自分だけの居場所が欲しいと思うんです。この世のどこかに、私を本当に必要としてくれる者がいるんじゃないかと……探さずにはいられない」

「あんたそれ……鬼が定期的におかしくなるアレじゃねえのか？　ちょうどそういう周期なんだよ。あんまり深く考えるな」

必死に説得する。このままふらっといなくなってしまいそうな気がしたのだ。ここでしっかりと繋ぎ止めておかないと、糸が切れた凧のように、もう二度と千秋家に帰ってこない気がした。

「家族が欲しいなら、作ればいいじゃないか」

「作る？」

「そうよ。綺麗な嫁さんでももらってよ。千秋には別嬪がいっぱいいる」

「千秋の鬼は、みんな残月の子供同然ですよ。残月の家族であって私の家族ではありません」

「なら……」

言いかけて慌てて口を噤む。零泉の言う家族とは、『自分が洗礼した者』という意味だ。

だがそれは一族の禁忌である。たとえ『親』の素質があっても、自由に洗礼をして『子』を増やしてはいけない。無闇に子を増やせば家としての組織が崩れるし、悪戯に鬼を増やすだけである。残月の兄である零泉には、恐らく素質がある。いつか残月が言ってい た。しかし完璧であるかどうかはわからないとも。中途半端な親からは、中途半端な鬼しか生まれないのだ。なり損ないの鬼は、常に血に飢えた化け物だ。理性もなく人を襲う。その末路は角狩衆や四乃森に狩られるだけである。

紫蜂の言わんとしていることを察して、零泉ははっとして小さく目を見開いた。

「自分だけの居場所……自分だけの家族」

「…………」

「なんてね」

にこりと笑って、瓶の中身をぐいっと飲み干す。瓶の中で無数の泡が弾けて消えた。

紫蜂は後悔した。この数ヶ月後には零泉はすっかり行方をくらませたのだ。

もっと上手に言葉を掛ければよかった。余計なことを言ってしまった。もしかしたら、本当に家族を作ろうと出て行ってしまったのかもしれない。残月にもっと早く相談すれば、結果は違ったかもしれないのに。

罪悪感だけが、今でも重くのし掛かる。

*

紫蜂は瓶を持ったまま、しばし立ち尽くす。商店の店主は少し不思議そうに首を傾げたが、ここは商機とばかりに退く様子はない。

「いかがですか、平野水！」

「……じゃ一本くれ。いや二本」

「まいど！」

満面の笑みで、店主はいそいそと瓶を紙で包む。

あの時零泉は、どんな気持ちでこの水を飲んでいたのだろうか。これを飲めば、その答えが欠片でも見つかるだろうか。やはりいつだって、切っ掛けは舶来の品だ。これに関わることは嫌なものばかりだ。

紫蜂は後にした放珈堂を振り返る。九我に聞けば。或いは零泉の行方が摑めるかも知れない。しかしそれは最後の手段だ。自分の言葉の責任は、自分でとるものだから。

*

紅蝶は陰鬱とした気持ちで、机に向かっていた。夜会の主催者から参加者のリストを貰うことはできた。それを眺めながら、小さくため息をつく。無数の名前の羅列。中にカタカナのものもいくつかある。この中に居るのだろうか。

しかしそれとは別に、心が晴れない原因がある。

「……あの男は、いつか九我に尋ねるな」

零泉を知っているか？　行方を知りたいと。そうなれば、紅蝶が敢えて黙って隠していたことが明るみに出るだろう。父と組だった零泉のこと、共に過ごしていた自分、それを追っていること。吹けば飛ぶような信頼関係だ。紫蜂は怒って、結婚を解消するかもしれない。四乃森から出て行って、ひとりで零泉を捜しに行ってしまうかもしれない。零泉が父である蛍斗を殺した。その光景を見て、事実を知っているのは色葉と紅蝶だけだ。それを知れば、あの男はさぞ落胆するだろう。随分と慕っていた様子だから。そんな顔をさせたくはない。

本音では、事実を知って零泉捜しに尽力して欲しい。四乃森に留まって、共に憤って、仇を討つ手助けをして欲しい。だが、そんなに都合良くいくはずもないが。

零泉を見つけたい、しかし紫蜂には居て欲しい。矛盾しているのだ。

こんな鬱々とした気持ちのまま、日々を過ごさなければいけない。自分が図ったこととはいえ、針の筵である。同時に、そこまで紫蜂に執着していたことにも気付いた。もっと割り切ったものかと考えていたのに。

その時、不意にドアがノックされた。返事も待たずに入ってきたのは一華だった。慌てて色葉が追い縋っているので、今日も無理矢理押しかけてきたのだろう。

「どうした一華。今日も可愛いな」

「もっと言ってちょうだい！　もっと褒めてちょうだい！　あら、紫蜂ちゃんは？」

「あれは今、情報を集めに行っている。そのうち戻るだろう」

「そう？　紫蜂ちゃんに食べさせようと思って持ってきたのよ。あの子の嫌がる顔が見たかったのに。はい、ビスケット」

言って一華は机の上に腰掛けて、懐紙に包んだ菓子を取り出す。

「なるほど。あの男は嫌がるだろうな。これにも牛乳が入っているから」

「美味しいのにね」

「少尉はどうした。一緒じゃないのか？」

「ツマキちゃんも情報収集よ。あたしは待機。あたしがあっちこっち嗅ぎ回ると目立つからって、いつも留守番なの」

唇を尖らせて、さくさくとビスケットを頰張る。おろおろとしている色葉に紅茶を淹れるように頼むと、紅蝶はビスケットの甘い香りに少し顔を綻ばせた。

「どうしたの、紅蝶ちゃん。疲れた顔してるわよ。疲労は美容の大敵なんだから。面倒なことは全部相方に任せて、あたし達はゆーっくりとしてましょ」

「相方か……。少尉とはもう長いのか？」

「二年くらいかしらね。でもいつも一緒じゃないわよ。お仕事の時だけ。ツマキちゃんは無口で無愛想で強面だけど、根は優しいのよ。人間にしてはそこそこ強いし。ま、紫蜂ちゃんに比べると優秀だわね」

「そうだな」

呟いた言葉に、一華はまじまじとこちらの顔を覗き込む。

「……怒らないの？　紫蜂ちゃんだって悪くないわよ。いい素材してるし、磨けば光るわ。野暮ったいところを直せば、大丈夫よ」

「そこを怒れるほど深い仲じゃない。一朝一夕の夫婦だし、あれはいつも無理矢理私に付き合っているだけだ」

「そうかしら。案外楽しそうだけど？」

「そうだろうか」

覇気のない返事をする。一華はしばらく唸ってから、ぶらぶらと足を遊ばせた。

「あたしはね、ツマキちゃんと契約して後悔してないわ。むしろ感謝してるくらいよ。清須家の代表として立っているのだから、誇りだわ」

「紫蜂もそうだと？」

「ああいうタイプは、嫌なことは嫌ってちゃんと拒否するわよ。嫌じゃないからここにいるんでしょ。それくらいは紅蝶ちゃんのことを信用してるわよ」

「信用か」

　少なからずしてはいるが、されてはないだろう。どうせ果てには消え失せるものだ、端から期待しない方が良い。積もれば積もるほど、崩壊した後のショックが大きいのだから。

「四乃森家となんて大して関わることはないと思ってたけど、まさか一緒にお仕事するなんてね。紅蝶ちゃんだから協力するのよ。先代の四乃森の人は可愛くなかったもの。ほーんと、人生ってどうなるかわからないものね」

「そうだな」

「本当にわからないんだからね」

　ずいっと顔を近づけて、不安を見透かしたように釘を刺してくる。

「ちゃんと話し合わなきゃ駄目よ。命と背中を預けてるんだもの。お互い、相応のものを差し出さないとね。それが血誓の契約でしょ？　紅蝶ちゃんのパパが言ってたわよ」

「父さまが？」

「血誓はあくまで平等の契約。どちらが主人とか下僕とか、そういうものじゃないんだって。そこには絆があって然るべきだって。そもそも契約ができるのは、差し出すものがあって、それを受け入れる度量がある者同士しかできないそうよ。ま、本来契約ってそういうものよね」

「一華も差し出したか？」

「紅蝶ちゃんにだって言えないけど、長く生きてる分だけ抱えるものもあるわ。ツマキちゃんだって順風満帆な人生じゃないのよ。最初はね、『なにが角狩分隊よ！』なんて喧嘩して意地張って、ビジネスに徹しようとしたけど、てんで駄目だったわ。連携なんて取れないわよね。で、羅刹鬼相手にぼっこぼこにされたってわけ。これじゃいけないと思って腹を割って話し合ったわ。険悪になったりもしたけど、結果的には良かったんじゃないかしら」

「それを含めて、誇りだと？」

「そうよ。ま、やっていくうちに否応なしに話し合わなくちゃならなくなるわ。あたしの方が年上なんだし、お姉さんのアドバイスはちゃんと聞くものよ」

口の周りにビスケットの屑を付けながら、一華は胸を反らせている。

「ご忠告、痛み入る」

小さく笑って言うと、ぱくっとビスケットに齧り付いた。口の中にミルクと砂糖の甘みが広がる。

果たして紫蜂に言えるだろうか。なにもかもを打ち明けて、受け入れてもらえるだろうか。それならばと、力を貸してくれるだろうか。考えても、明るい未来は見えてきそうにもないのだ。

その時、ドアが開いて紫蜂が入ってきた。一華の姿を見て、露骨に顔を顰める。

「なんだ……あんた来てたのか。またわけのわからんもんを食って……なんだそれ？」

「ビスケットよ。焼き菓子。紫蜂ちゃんも食べてみなさい。あーん」

「やめろ。俺はいらねえ」

「あ！　その包みは平野水じゃないの！　ありがとう紫蜂ちゃん！　気が利くわね！はい、あたしと紅蝶ちゃんの分。これにレモンを搾《しぼ》って蜂蜜を入れると美味しいのよ」

有無を言わさず紫蜂の手から取り上げると、さっさと配り始めてしまう。

「自分で飲みたくて買ったんじゃないのか？」

「いやいい。あんた達で飲めよ」

まさか紫蜂が土産を買って帰るとは思わなかった。しかも海を渡って来たような品を。どういう風の吹き回しかと眺めるが、ばつが悪そうに頭を掻いているだけだ。聞いてみるべきだろうか。この男の懐に、踏み込んでみるべきだろうか。

「……………」

「なんだ。どうした？」

「いや……なんでもない。ありがとう」

「おう。もらった駄賃は四乃森の金だけどな」

紫蜂は唇の端で笑って言い放つ。

今の紅蝶には、この関係性を壊す勇気はなかった。羅刹鬼を追いながら、新しくできた友人と菓子を囲み、気遣いができる夫と過ごす。

それでいいではないかと、もうひとりの紅蝶が頭の隅で囁くのだ。しかし父の敵を追う、どす黒い感情もある。復讐を果たさなければいけない。父と自分を裏切った零泉を見つけなければいけない。契約をしてなにかを差し出して、父と結んだであろう絆を壊したのだ。相応の報いを受けなければならない。

そんな大層な名目はひとりで背負えばいいのだ。誰かに担わせるわけにはいかない。四乃森の責任は、四乃森がとるものだから。

＊

九我と帝国陸軍の情報網は優秀だった。夜会から一週間も経たない間に、速やかに容疑者の名前が出そろったのだ。

「ルベン・クラークとヨシュア・レーマン。共に帝都で開業医をしている。華族との繋がりがあり、行方不明者を患者に持ち夜会にも参加している……か。周辺の人間の身元も一通り洗ってある。詳細は各自確認してくれ」

紅蝶は広げられた書類を流し見て言った。紅蝶の執務室に集まった四乃森組と清須組は、頭を突き合わせて唸る。

紫蜂はわざわざ淹れさせた緑茶を手に、舌を噛みそうな名前を覚えようと口の中で唱えた。どっちが姓でどっちが名前だろうか。眉間に皺を寄せる紫蜂を余所に、紅蝶は「さて」と口を開く。

「ここからどうするかと言えば、潜入捜査だな。患者として診療されるのが近づく為には自然だろう」

「そうなるわよね。正面から問い質しても難しそうだもの。医者として振る舞っている鬼よ。羅刹鬼だとしても下級じゃないわ。それなりに知能があって頭が回ると見るべきよ」

「……血ぃ抜かれんのか。嫌だな。ぞっとしねえな」

腕を捲る紫蜂だったが、紅蝶はきょとんと目を丸くする。

「おまえが行ってどうする。おまえみたいな大柄で筋肉質の男が『綺麗になりたいです』と申し出るつもりか？」

「あたし達みたいな鬼の血を、軽々しく調べさせるのはどうかと思うわよ。弱点を晒すようなものだわ」

「じゃなにか。そっちはツマキが行くって言うのか？」

「大丈夫か？」と訝しい目を向けるが、ツマキは表情を変えないまま平然と語る。

「美しくなりたい」

「ほら、大丈夫よ。ツマキちゃんはやれば出来る子なの」

「…………」

「では、四乃森組はルベン・クラークを、清須組はヨシュア・レーマンを調査しよう。こいつが犯人だと判明次第、それぞれの判断で動けばいい」

「……まぁ百歩譲ってそうするとしてよ。問題は霧にもなれる相手をどう倒すかって話だ」

するとと紅蝶は、厚い本を持ち出した。

「書斎を調べてそれらしい記述を見つけた。火だ。やつらは火を嫌う。殊更に燃えるらしいぞ。銀にも弱い。後は心臓に杭を打ち、日光で焼き払うとかだな」

「油でも撒いて火を付けたらいいのかしら？　美しくないわ……」

紫蜂も顎に手をやり、ひとつ唸る。

「火ね……。まぁそれならどうにかならんこともない。もっと無理難題を要求されるかと思ったぜ」

「よし。では動こう。健闘を祈る」

＊

ルベン・クラークの診療所は、大通りから少し離れた場所にあった。あまり日当たりの良くない裏路地の一角。小さな診療所を訪ねたのは、小袖姿の紅蝶と墨色の着流しを着た紫蜂だ。ドアを開けると、出迎えたのは黒髪の青年だった。シャツの上から白衣を着ていて、二十代中頃といったところか。こちらを見やると、にこりと微笑んだ。

「事前にご連絡をいただきましたね。四乃森様でいらっしゃいますか？」

「ああ、妻を診て欲しくてね。どうにもこうにも先生に相談があるらしい」

問われて答えたのは紫蜂だ。潜入捜査とは言え、偽名ではなく本名を伝える。相手は夜会に出入りしている鬼だ。ふたりとも容姿も立場も目立つし、名前を偽ってもすぐに身元は割れる。下手に怪しまれるのは得策ではない。

紫蜂は油断なく目を光らせながら、感覚を研ぎ澄ませた。

「私は助手の林浩宇《はやしひろたか》と申します。先生がお待ちですので、こちらへどうぞ」

奥の診療室に案内されると、座っていたのは少し長めの金髪を持つ男だった。三十代だろうか。端正な顔立ちで線も細く、よく見れば目が青い。まるでびいどろのようだと、紫蜂は内心呟く。異人と接するのは随分と久しぶりだ。眼鏡を掛けているのもあり、なにを考えているのか読めない。

「よろしく先生。あー……日本語わかるか？　俺は四乃森紫蜂。こっちは妻の紅蝶だ」

林に促されて紅蝶を座らせると、途端に青い目がきらりと光る。

「大丈夫デス。勉強しましたカラ！　あなたが紅蝶サン？　なるほど素敵な蝶々さんデスネ！　初めまして、ルベン・クラークと申しマス。うーん……キュートなレディ。白い手も素敵です！」

言うなり紅蝶の手を取ると、その甲に口付ける。突然のことに紅蝶は固まり、紫蜂は目を剝いた。

「おい……曲がり形にも俺の妻なんだが」

「先生、その方は患者さんです！　そういうのは止めて下さいと、いつも言っているでしょう！」

「おおー失礼。母国では挨拶なのですが……日本の方はお堅いのデス」

思わず紅蝶と目を合わせる。「こいつ大丈夫か？」と暗に意味を込めて。

「それで、今日はどうされましタ？」

紅蝶は精一杯謙虚で健気な雰囲気を出して、上目遣いでルベンを見上げる。

「夜会で聞いたのですが、悪い血を抜き取り、綺麗になれる治療があると――」

「必要ありませセン！　あなたは十分美しいデス！」

「いやしかし体調も悪く……噂の瀉血とやらを試してみたくて――」

「必要ありませセン！　見るからに健康デス！」

途端にゆらりと紫蜂は身体を起こす。

「おう先生よ。他人の話を聞けや。診てくれって言ってんだろ？」

「……オーウ……噂に聞くやくざですネ。怖い怖い……。林クン、瀉血の準備を」

「承知しました」

ばたばたと林が動き回るのを余所に、ルベンようやくそれらしく、紅蝶の腕を取り脈を測っている。

「脈拍は正常。顔色も悪くないデス。うーん……肌もお綺麗で、どこに不満があると言うのですカ？」

「実は夫がひどく唯美主義で。美しくないものに価値はないと言うのです。今以上に努力をしなくては、私はいずれ捨てられてしまうでしょう。野良犬のように」

涙を拭う振りまでする様子に、紫蜂はこめかみをぴくぴくさせる。

「あのなぁ……」

「恋する乙女は美しいデス！　わかりました！　ご協力しまショウ！　ワタシは全世界の女性の味方なのデス！」

「おい、助手さんよ。あの先生……大丈夫か？」

とても鬼とは思えない調子の良さである。こちらは外れを引いたかもしれないと、紫蜂はこそこそと林を呼び止めた。

「女性の患者さんが来るといつもあの調子で。もうちょっとしっかり患者さんを診てくれればいいのですが……裕福とは程遠い生活で、むしろ経営は赤字スレスレです」

「大変だな、あんたも」

「とは言え、腕は確かです。特に外科手術は一流で、見習うことが多いですよ」

「ふぅん。ちょいと聞くが、あの先生の患者はやっぱり華族の人間ばかりか？」

「そうですね。あの見てくれですから、珍しがられて声を掛けられることも多いですよ。夜会にもよく呼ばれていますね。それでいてあの性格でしょう？　華族のご令嬢が度々通って来られますよ」

「なるほど」と頷いて、更に声を潜める。

「その令嬢が行方不明になってるって話、知らねぇか？」

「行方不明？」

　さすがに林も目を丸くする。

「失踪した、ということですか？　そうですね……頻繁に来ていただいていた方が最近姿を見せないな、と思うことがありますが……もしかしてその失踪なのでしょうか。あなたは、警察や軍の方ですか？」

「いや、ただの興味本位だ。悪かったな」

「はぁ」

　手早く用意されたのは、太い針の付いた注射器とガラスの瓶だった。

「痛いですヨ。ちくっとしますヨ」

「一思いにやってくれ」

　何故かルベンの方が顔を顰めながら、ゆっくりと紅蝶の腕に針を刺す。その一挙一動を見逃すまいと、紫蜂も紅蝶もルベンを鋭い目で見つめる。

　やがて注射器で血を吸い上げガラス瓶に移す。それを窓から差し込む僅かな光にかざして、ルベンは目をきらきらと輝かせた。

「おおー。綺麗な血ですネ〜。見て下さい、林クン。ビビッド！　ベリービビッドです！」

「本当ですね」

言うなり器具を片付け始める。紫蜂はしばし閉口してから、ルベンを見やる。

「……終わりか？」

「終わりデス」

なんともあっけない。肩すかしをくらったかのように面食らう。しかし紅蝶は礼を言いつつも、その目を光らせた。

「また伺ってもよろしいか？」

「瀉血に？　構いませんが……痛いですヨ？」

「どれもこれも夫の為ですから」

「アメイジング！　これが日本の愛なのですネ！　応援しましョウ！」

やはり調子が良い。

なんとも複雑な顔をしたまま、紫蜂と紅蝶は診療所を後にするのだった。

四乃森邸に戻ってから、紅蝶はちらりと見上げてくる。

「……どう思う？」

「外れじゃねぇか？　清須組が当たりのような気もするぜ」

すでに見慣れた執務室のソファに腰を下ろし、紫蜂は懐手で唸った。

「そうは言っても、現段階では容疑者だ。おまえという付き添いがいたから、今日はなにもしなかったのかもしれん。次はひとりで行ってみるか」

「危ないんじゃねえか？」

「腐っても四乃森だぞ、私は。正体を現したのなら返り討ちにしてくれる。吸血鬼は銀製のものに弱い。私の銀の銃弾をぶち込めば、羅刹鬼といえども木っ端微塵だ」

「おお、知ってるよ」

肩をすくめて見せると、紅蝶は九我からもらった報告書を取り出す。

「九我が調べたところだと、クラーク氏には妹がいるらしい。どうやら伏せっていて、その治療費に莫大な金がかかるそうだ。結果として診療所は赤字経営になっている。日本の漢方治療に望みを託して来日したとか」

「一見、身元はしっかりしているな」

「怪しいと思わせないほど演技や工作が上手いのかもしれない。その可能性も加味して、しばらくは調査を続けるぞ」

「はいよ」

さて、とりあえずは張り付いてみようか。腰を上げようと思った時、ふと腕に違和感があった。袖を捲ると、腕に小さな出血の痕がある。

「どうした？」

「腕が痒いと思ってな……血が出てる」

「どこかにぶつかったか？」

「いや……そんな覚えはねえ。それになんだか、針で刺したような痕だぜ」

「針？」

紅蝶ははっとして自分の袖を捲る。紫蜂の左腕の傷痕、ルベンが注射針を刺した箇所と一致するのだ。

「どういうことだ？」

「……そういえば聞いたことがあるぞ。血誓は魂と感覚を共有する契約だ。怪我や記憶をも共有することがあると」

「なんだよそれ。つまりは、あんたが怪我をすれば、俺も同じ箇所を怪我をするってことか？」

「逆も然りだろう。おまえの傷も私の傷となる。うっかり負傷などしてくれるな。足手まといは御免だぞ」

「そりゃこっちの台詞だ。あんたが俺の足を引っ張るなよ」

ぎぎぎと睨み合ってから、紫蜂はぷいっと余所を向く。

「あのちゃらちゃらした医者を見張ってくるぜ。霧になって外へ出て、また事件を起こされちゃ堪らんからな。居所は把握しておきたい。血を抜いたあんたは大人しくしてろ」

「特にどうということもないぞ。あれだけ少量ではな。いつか見たおまえの怪我の方が余程重傷だ。それよりも、おまえみたいな目立つ男が諜報などできるのか？」

「元角狩衆を舐めんな。密偵くらいできるぜ」

はんと鼻で笑ってから、紫蜂は襟を正す。帝都のあちこちはすでに勝手知ったるものだ。ついでに雑踏にも目を配り、零泉の姿も捜しておこう。

紫蜂は煙管入れを腰にぶら下げ、執務室を後にした。

＊

クラークは粛々と診療所で患者を迎えているようだ。夜会もなく動く気配はない。今日は外れと夜半をだいぶ過ぎてから四乃森の屋敷へ帰り、すっかり慣れた寝台に潜り込んだ矢先だった。紫蜂は夢を見た。

だがなにやら様子がおかしい。目線が妙に下にあるし、手足も縮んだ気がするのだ。自分の手を開いたり閉じたりと眺めていると、ちらちらと視界の端でなにかが踊っている。炎だった。今まさにこの家が燃えている。よく見回すと、どうも紫蜂の知る四乃森邸とは少し違う。であれば、ここは何処だろうか。

呆然と立ち尽くしている目の前に大きなドアがあった。少し隙間が空いていて、そこから向こうの様子が見えるのだ。まるで覗いて下さいと言わんばかりである。

誘われるようにドアへ近づく。一枚の板を隔てたその向こうは、惨劇の最中だった。

紫蜂にはよく見覚えがある。血に飢えた鬼が、人間を食い殺しているのだ。その首が千切れんばかりに食いつき、飛び散った鮮血が部屋中を染めている。なんて節操もなく意地汚い様だろうか。一族からはぐれた鬼か羅刹鬼か。目を凝らした直後、不意に横から抱きすくめられた。

「お嬢様、お逃げください！」

自分を抱きしめているのは、血まみれの色葉だ。怪我をしたのか返り血なのか、判別ができない。とにかく服を血と煤で汚し、顔を青くした色葉が自分を『お嬢様』と呼んでいる。そして泣きそうな顔で、必死に懇願するのだ。

「早くここからお逃げください！　私がしばらく足止めいたします。いいですか、私のことなど気にせずに、どうか生き延びてくださいませ！」

「あれは鬼だろう？　なら狩ればいい。四乃森なのだから」

自分の口から出た声は紅蝶のものだった。道理で背が縮んでいるわけだ。妙に納得しながらも、口から零れる言葉を止めることはできなかった。

「そこを退くんだ、色葉。この四乃森の屋敷に押し入った命知らずの鬼は、私が退治してやろう」

「いけません……！　見てはいけません！　お嬢様にはお辛いだけで――」

語尾を遮るように、軋む音を立ててあのドアが開く。色葉ははっとして辺りを見回した。恐らくここは居間だろう。七尺（約二メートル十センチ）はある大きな振り子時計が置いてある。色葉はその振り子が揺れる箇所を開き、自分を押し込むのだ。

「色葉……！」

「どうかじっとしていて下さい。なにが起きても動かないように！」

そう言って扉を閉めると、ガラス部分に自分の血を撫で付けて汚した。目を凝らさなければ、向こうからはよく見えないだろう。

息を潜めるしかなかった。やがて色葉は落ちていた散弾銃を拾って構える。対吸血鬼としての色葉の腕は知っている。一級だ。並の鬼では通用しないものだ。何故かそのことを知っていた。

問題ない。そのはずだった。しかしドアの向こうから人影が現れた瞬間、色葉の胸から血しぶきが一閃した。銃を撃つ間もなく、彼女は静かに倒れ臥したのだ。ここからでは生きているのか死んでしまったのかわからない。

しかし直ぐに駆け寄ることはできなかった。身体が動かなかったのだ。だが、こんな押し込められた場所から直ぐにでも出なければいけない。その気持ちと、愕然と頭の中が白くなる感覚で動くことができなかった。

血に濡れたガラスの向こうに現れたのは、白髪の鬼——零泉だったからだ。

紫蜂と紅蝶が同時に目を見張る。そんなことがあるはずがないと、信じたくなかった。紅蝶の目を通していた紫蜂の脳裏に、様々な光景が浮かんで消えた。恐らく彼女が抱いたであろう感情も去来する。

零泉は家族だった。いつだったか父である蛍斗が連れ帰った、不思議な鬼だ。もうひとりの父のようで兄のような、穏やかな男だった。四年もの間を共に暮らし、父と肩を並べて羅刹鬼を狩っていたはずだ。

それなのに、今目の前にいるのは一体誰だろうか。雪のような白髪を血で汚し、父である蛍斗を抱きかかえ、足を引き摺るように歩いている。その顔は鬼神のように歪み、感情を窺い知ることはできなかった。

だが父を噛み殺したのを見たのだ。この惨劇の主は、零泉で間違いない。

裏切られたのだ。恐らく父は陥れられた。騙されていたのだ、この一見穏やかな鬼に。

力なくだらんと垂れ下がる父の顔と目が合う。光を失った瞳は悲痛の色をしていた。ざわりと身体中の肌が粟立つ。怒りと失望と、置いて行かれたという圧倒的な孤独だった。幼い頃に母を亡くし今目の前で父が殺された。家族だと思っていた鬼が奪っていったのだ。つつがない日常と穏やかな家庭を。

許さない。許さない。積み上げられた信頼を木っ端微塵に砕かれた。

置いていかないで。ひとりにしないで。四乃森という大きな家にたったひとり残されて、どうしろと言うのか。

紅蝶の心の中は、嵐のように様々な感情が吹き荒れていた。

とにかくここから出なくては。あの裏切り者をこの手で始末しなければ。

その時、零泉がこちらを見た気がした。目が合ったと顔を強張らせたが、彼はそのましばらく立ち尽くし、やがて父を抱えたまま部屋を出て行ってしまった。

動けなかった。なにもできなかったのだ。

震える身体を叱咤して、なんとか大時計から這い出る。色葉に駆け寄ると、かろうじて息があるようだった。助けなくては、せめて色葉だけでも。

燃え朽ちていく屋敷から、どうやって逃げ出したのか記憶がなかった。ただ鮮烈に残っているのは、燃えていく屋敷と白髪の鬼。そして無残に殺された父の姿だ。

「……必ず見つけ出してやる。そしてこの手で仇を討つ……！」

家族を失った大きな穴は、復讐という目的で埋めるしかなかった。そうやって自分を奮い立たせ、なんとか立ち上がる。

大きな力がいる。手段を選んではいられないのだ。

ここで紫蜂の目が覚めた。部屋に置いてある真新しい置き時計は、午前五時を指している。どうやら知らない間に涙が零れていたらしい。顔を拭い寝台から起き出して、カーテンを開けるとようやく日の出だった。白々と明けていく空に目を向けるが、紫蜂の目はたった今見た夢を反芻《はんすう》していた。

「今のは夢か。それともあいつの記憶か？　だとしたら……」

紅蝶の父親——蛍斗の契約相手は零泉ということになる。紅蝶は自分が零泉を捜しているのを知っているはずだ。知っていながら黙っていたのか。

それともただの夢なのだろうか。零泉を捜すあまり、夢にまで見たのか。それにしては現実的で生々しい。自分が体験した記憶をまざまざと見せつけられたようである。炎に包まれた身体が、まだ熱い気さえする。今なお、孤独と復讐心で感情が綯い交ぜになっているのに。

無意識に煙管を取り出し、火を付ける。

「魂と感覚を共有する契約。怪我や記憶も然り……ね」

だが果たして、零泉があんな惨劇を起こすだろうか。紫蜂の知る限り礼節を知る男だ。あんな風に人間を襲うはずがない。ましてや、血誓という契約を結んだのだ。それを破ってまでなにがしたかったのか。

細い煙を吐き出して、ぼりぼりと頭を掻く。

「置いて行かれた、か。俺も同じだな。俺も零泉に置いて行かれたんだ……なんだ、お嬢ちゃんと一緒じゃねぇか」

もう一度煙管を咥え二度三度と煙を吸い込んでから、大きく息を吐く。

「やっぱり……どうあっても捜さないと駄目だな。このままでも一族の掟に反する」

これが事実だとして残月に報告できるだろうか。そもそも自分は納得できるだろうか。

「あんたは一体、なにがしたかったんだ……？」

答えが見つからないまま、紫蜂は太陽が昇っていく様子を眺めるしかなかった。

＊

人間には食事が必要である。米と魚と野菜、もしくはそれに準じるもの。洋食であればパンと卵とサラダ。後は肉を加工したハムやソーセージだ。しかしそれらは紫蜂が嫌がる。

さすがに可哀想に思い、紅蝶は色葉に指示を出した。連日の洋食を今朝は止めて、和食にするようにと。幸いあの時の怪我の後遺症もなかった色葉はとりあえず頷いてくれた。

「お嬢様は、あの鬼に甘すぎます」

「あれはこの家に必要だ。洋食が嫌だからと、家出されても困る」

「しかし……いつかの鬼のように豹変するかもしれません。あまり心を許されませんように」

「わかっている。鬼を信用できないのはわかるが、あまり邪険にしてくれるなよ。あれは私の可愛い飼い犬だ。時には褒美も必要なんだ」

「……はい」

いつかの紫蜂の希望通り、麦飯と味噌汁と焼き魚が用意された。今朝はあの露骨に顰めた顔を見なくてもいいはずだと、紅蝶もどこかでほっとしていた。

やがて着崩した紫蜂が二階から下りてくる。今日はいつにも増して気怠げな様子だったが、きっと朝食のメニューを想像してげんなりしているのだろう。

「おはよう、紫蜂」

「おう」

「見ろ。今朝は和食だ。これならおまえも好きだろう？」

「ああ……そうだな」

どうも思っていたリアクションと違う。紫蜂はぼんやりとした様子で椅子に座り、ぼりぼりと頭を掻くのだ。

「どうした、嬉しくないか？」

「……聞いていいか？」

なにやら唐突だ。少し面食らいながら「なんだ？」と返す。

「あんたの父親と組になった鬼は、なんという名前だ？」

ぎくりと無意識に身体が強張る。心臓を握られた思いだ。

「……どうしたんだ急に」

「夢を見た。この屋敷に似た家が燃える夢だ。あんたの目の前であんたの父親が殺される夢だ」

「…………」

血誓とは感覚を共有する契約。いつか父が言っていた。夢や記憶も共有すると。なんと答えるべきか。紅蝶が押し黙っていると、紫蜂は質問を続ける。

「あんたの父親を殺した鬼はどんな顔だった？　あんたの父親の遺体はどこだ？」

「……墓はある」

「そこに埋まってるのか？　掘り起こしてもいいか？」

「無茶苦茶をするな。我が家の墓だぞ」

「答えてくれ。その鬼の名前は、零泉じゃないか？」

「名前は……」

「簡単な二択だ。是か否しかない。どっちだ？」

紅蝶は血の気が引く思いだった。いつかこんな日が来るとは思っていたが、予想したより早かった。同時にどこか、来ないで欲しいとも考えていたと気付く。

　ようやく手に入れた仮初めの幸せ。契約という名で縛った家族。

紫蜂が見た夢は恐らく自分の記憶だ。確かめる術はないが、きっとそうだろう。

なんと答えるべきか。復讐と安寧、どちらを選ぶか。

是と答えれば紫蜂は怒るだろう。何故黙っていたんだと。同時にここから立ち去るかもしれない。大きな戦力が欠け、飼い犬と夫を同時に失う。零泉の行方も知れないまま復讐も果たされない。メリットがない。

　では否と答えたらどうか。この屋敷に留まったまま、彼は零泉を捜し続けるだろう。今の夫婦という形を保ったまま、裏宮家からの依頼を粛々とこなす日々だ。しかしいざ零泉が見つかったとなればどうか。自分は復讐の一念しかないが、紫蜂は千秋家へ連れ帰ろうとするだろう。それを許せるだろうか。零泉を見逃し、紫蜂を得る。そういう選択を迫られるかもしれない。さてどちらを選ぶかとなれば……決められない。

　そう考えた自分に驚いた。復讐こそが生きる糧だと思っていたのに。同時に自覚する。これ以上、置いて行かれたくない。四乃森という大きな責務のただ中で、ひとりで立ち続けられない。今背筋を伸ばしているのは、虚勢だと自覚しているから。なんと弱くてちっぽけな存在だろうか。紫蜂という相方が居て、ようやく立っていられるのだから。ぬるま湯の中が酷く心地よいのだ。寂しかったのだと。

しかしそれではいけないと、頭の中で誰かが囁く。憎悪に身を焦がし、紫蜂を切ってでも復讐を遂げなければいけない。それこそが生き延びた意味なのだ。命の価値である。先日の一華の言葉が脳裏に浮かぶ。「話し合わなければ駄目」だと。しかしなにもかも打ち明けたところで、受け入れてもらえないだろう。身勝手な嘘から始めた関係だ。この男は義理堅いが、自分に尽くす理由がない。信用もなければ情もない。自分に協力してくれる利がない。紫蜂を手放したくはないのだ。

(言えない。言えるわけがない)

紅蝶は唇を噛んで、ゆるゆると口を開く。

「名前は零泉……ではない」

「本当だな?」

「ああ」

紫蜂はじっとこちらを見て、はっきりと言った。

「わかった」

嘘をついた。いつかバレる軽薄な嘘だ。いや、紫蜂はもう気付いているかもしれない。それでも自分を信じて、頷いてくれたのだ。

罪悪感が重く心にのし掛かる。零泉は父を裏切ったかもしれないが、自分もまた紫蜂を裏切ったのだ。なにが復讐か。そんな大それた名目を掲げた自分に恥じ入る。

紫蜂はなにごともなかったかのように、箸を手に取り朝食を食べ始めた。紅蝶もそれに倣うが、味など微塵も感じなかった。

＊

事態が動いたのはそれから数日後のことだった。日がな一日ルベンの張り込みを続ける紫蜂が、屋敷を留守にしている時分だ。前もって手紙はあったものの、急ぎの様子で林が訪ねてきた。

「実は先日の瀉血の件ですが、血液の成分を調べたところ……少し気になるところがありまして」

「なにか異常でもあったか？」

深刻そうに顔を曇らせる様子に、さすがに紅蝶も眉を顰める。

「貧血と呼ばれる状態です。血の中の成分が足りないのです。もう一度診察がしたいと先生が仰っていて……悪い血を出して、その上で症状にあった漢方をお出しするのが良いだろうと。お手数ですが、一緒にいらして下さいませんか？」

「クラーク氏が？」

紫蜂はなにも言っていなかった。であれば、特に怪しむ理由もないだろうか。それに目的地がルベンの診療所であれば、合流できるだろう。

清須組からの報告は時折あったが、こちらと似たようなものだった。鬼である証拠もないが、鬼ではないという確証もまたないのだと。

虎穴に入らずんば虎児を得ずだ。ただ待つよりはこちらから動いた方がいい。

「わかった。同行しよう」

「ご足労おかけします」

深々と頭を下げる林は馬車まで用意してくれた。太陽がゆっくりと沈もうという時間である。出掛けるならばギリギリだ。念のため色葉に紫蜂当ての伝言を残しつつ、対吸血鬼用の銃を懐に仕舞い、紅蝶はひとりで馬車に乗り込む。

「さて、鬼が出るか蛇が出るか……」

宵闇に飲み込まれようという街を、馬車は進むのだった。

「こちらにどうぞ」

そう言って案内された場所に紅蝶は顔を顰める。先日訪れたルベンの診療所ではないのだ。明らかに違う家屋の前で、馬車は停まった。

「どういうつもりだ？」

できるだけ平静を装って問いかけた。懐の銃の感触を確かめながら。しかし林はなんの疑問も感じない顔で、きょとんと告げるのだ。

「ここは先生の自宅です。こちらでも診療をするんですよ。中へどうぞ」

「………………」

決して気を抜かないよう言い聞かせながら、紅蝶は家の中へ踏み込む。銃はいつでも抜けるのだ。反応速度で負けなければいい。自信はある。

「あ、奥の部屋に妹さんがいらっしゃいます。紹介しますね」

「妹？」

そういえば九我の報告にもあった。伏せっている妹がいるのだと。ルベンは彼女の治療をする為に来日したのだ。紫蜂は確認しただろうか。見ておく価値はある。

ルベンもどこかにいるかも知れない。林が奥の部屋のドアを開けたので、周囲の気配を探りながら中へ入った。暗くて湿気に満ちた部屋だった。大きくて清潔な寝台があるのがわかる。誰かが寝かされていたので、九我の情報は間違っていないのだろう。しかしそれが『妹』――それ以前に女性であるかどうかはわからなかった。何故なら、寝かされていた人物は木乃伊《ミイラ》だったからだ。この状態で治療もなにもあったものではない。

目を見開いた瞬間、林の手が素早く動いた。驚いた分だけ紅蝶の動きが一瞬だけ遅れたのだ。銃を抜くよりも早く、林は持っていた注射器を深々と紅蝶の首に突き刺す。それでも銃を抜いた。しかし照準を合わせようとした視界が、ぐにゃりと歪む。同時に猛烈な眠気と虚脱感に襲われて、膝から崩れ落ちてしまう。

林は震える紅蝶の手から銃を丁寧に取り上げると、にこりと笑った。その目は白目と黒目が反転する、羅刹鬼特有の眼球。途端に周囲の温度が下がったような気がする。ざわざわと肌が粟立つのだ。愕然とする中、意識が朦朧としていく。

「私は林浩宇《リン・ハオユウ》。清国から来ました。あなた方が捜している、異国の吸血鬼ですよ」

「…………！」

しかしすでに言葉を発せない。その力もないのだ。林は殊更丁重に紅蝶を抱き上げると、診察用の簡易寝台に寝かせる。そしてなにやら準備を始めるのだ。

「大丈夫だよ、陽紗《ヨウシャ》。すぐに元気になるからね」

そう木乃伊に語りかける声で、紅蝶はなんとか意識を保っている。いくらか毒や薬の耐性は付けているのだ。それが功を奏したが、身体はほとんど動かない。

林は大きなガラス瓶に繋いだ管をこちらまで持ってきて、片眉を上げた。

「まだ意識があるのですか？　さすがは四乃森の人間。だからこそ、あなたの血が欲しいんです。あなたの血を妹に与えれば目を覚ますはずだから」

薄暗い部屋にカンテラが灯る。そこでようやく、この部屋の異様さに気付いた。血液の入った瓶が無数に並ぶ、窓のない部屋。これまで失踪した被害者の血だろうか。

そして、そこに自分の血が並ぶのだろう。失態だ。標的はルベンだと思い込んでいた。なんとか紫蜂に知らせないと。混濁した意識で周囲を見回すと、手が届く範囲にワゴンがある。外科手術に使うであろう刃物や鋏、薬品の入ったガラス瓶が並んでいた。

力を振り絞って、腕でそれらを薙ぎ払う。途端に甲高い音を立てて、乗っていた器具が床にばらまかれた。その拍子に紅蝶も寝台から落ちたが、それを見てさすがに林は眉を顰める。

「あぁ……元気ですね。やはり四乃森の血は特別なんだ。〝あの人〟が言っていた通りだ」

「…………」

気になることを言う。だが今は紫蜂への連絡が優先だ。紅蝶には割れたガラス瓶の欠片を握り込み、その切っ先で二の腕を引っ掻いた。

＊

「ちょっと紫蜂ちゃん！　あそこのパンを買ってちょうだい。あんぱんよ、あんぱん！　美味しいの。あれなら紫蜂ちゃんも食べられるから」

　帝都の通りを歩いていると、後ろから甲高い声で呼び止められる。懐手で歩いていた紫蜂は、半眼になって一華を振り返った。

「うるせえな。そっちの医者の調査はどうしたんだよ。ふらふらしやがって。日が暮れる今くらいが、一番鬼が活動しやすい時間だろうが」

「外れよ外れ。あれは普通の人間だわ」

「根拠は？」

「女の勘よ」

「…………」

　付き合ってられないとばかりに、踵を返して歩き出す。

「紫蜂ちゃんこそどこ行くのよ。そっちは四乃森の家でもないし、ルベン・クラークの診療所でも自宅でもないわ」

「ルベンも普通の人間だ、ありゃ」

「根拠はあるの？」

「勘だ」

「なによ。紫蜂ちゃんだって勘で動くじゃないの。でもそれなら、異国の鬼はどこにいるの？　振り出しに戻っちゃうじゃない」

一華は頬をぷくっと膨らませる。

「勘って言うか……あんたにもあるだろ。鬼特有の匂いっていうか、感覚みたいな。あれだ。俺はどうにもあの助手が胡散臭く感じる。身元が一番怪しくないやつほど、下手人だったりするもんだぜ」

「でも日本人でしょう？」

「そんなの戸籍を見たわけじゃねぇだろうが。口先だけでいくらでも誤魔化せるぜ」

「ふぅん。じゃ、その助手クンのところへ行くわけね？」

「塒《ねぐら》はわかってんだ。ちょいと覗いてくるわ、一応な」

「紫蜂ちゃんは真面目ね」

「あんたも真面目にやれ。清須家の名が泣くぜ、まったく……いってえっ！」

不意に二の腕に痛みが走った。なにごとかと袖を捲ると、今出来たかのような、生々しい傷が左腕にあるのだ。

「あらやだ。紫蜂ちゃん、怪我してるじゃないの」

「切った覚えはねぇ。……てことは、あいつが怪我したのか？」

「あー、あるわよね。血誓ってそこがちょっと面倒だわ。ツマキちゃんが怪我するとあたしも痛いの。慣れないわ。この前なんかね――」

ぺらぺらと話し出す一華を余所に、腕の傷を凝視する。どこかで見た形なのだ。そう確か、紅蝶が雑記帳に描いた芋虫……もといミヤコワスレの花。その意味は『救援要請』である。はっとして紫蜂は顔を上げる。紅蝶の身になにかあったのだ。

自分はたった今、ルベンの診療所から引き上げたばかりだ。すれ違って気付かないほど通りは大きくないし、馬車を使うにはこの道しかない。紅蝶がルベンの診療所に行ったのならどこかで会っているはずである。であれば、他に怪しむ場所と言えば限られている。今はそこに賭けるしかない。

紫蜂は腰に差した大太刀の柄を確認しつつ、一華の肩を摑んだ。

「おい一華、ツマキを呼んで来い。そんで、今すぐ四乃森の家へ行って紅蝶がいないか確認してきてくれ。そこに敵が居れば叩き切って構わん」

「なによ！　あたしに命令しないでよね！」

「非常事態だ。俺は助手の塒へ向かう」

「ふうん」と鼻を鳴らすと、焦った顔の紫蜂を一華はゆっくりと眺める。

「貸しひとつよ」

「おう。あんぱんでもなんでも買ってやらぁ」

＊

林の自宅は予め調べてあった。念の為に何度か見回ったが、これといって怪しい様子もない。近隣の住民にも尋ねてもみたが、大して外出もしない品行方正な青年という評であった。夜会の日も居たり居なかったりだ。だが相手は霧にもなれる鬼。ドアや窓の隙間から自由に出入りができる。人間としての現場不在証明《アリバイ》などあってないようなものだ。

留守だと把握している時に、勝手に乗り込むべきだった。そうすればいくらか証拠も押さえられただろうに。紫蜂はそう後悔しながら、ちらりと家の様子を眺める。灯りはない。一見すれば留守だと思うだろう。しかし紫蜂の肌はぴりぴりとひりついていた。以前来た時より明らかに気配が違う。

恐らく一刻の猶予もない。あの強気な紅蝶が、わざわざ助けを求めるくらいだ。紫蜂は入り口のドアの鍵を針金で音もなく開けて、慎重に中に踏み込む。奥の部屋からは微かに灯りが漏れていた。鬼の嗅覚がこの先だと告げている。大太刀を抜き、水平に構えた。

すかさずドアを蹴破った瞬間、林の姿を捉えつつ構えた太刀で平刺突《ひらつき》を繰り出す。手応えはあった。だが予想はしていたが、林の姿が霧となって霧散したのだ。

「くそっ！」

毒づきながらも、素早く紅蝶の姿を確認する。寝台に寝かされていた紅蝶の顔は、すっかり血の気を失い真っ白になっている。見ると腕に針を刺され機材を通り、管から大きな瓶へと血が移動していた。すぐに管を引き抜き、頰を叩く。

「おい、生きてるか⁉」

「……すまない」

絞り出す声にいくらか安堵する。とりあえず手遅れにはならなかったらしい。しかしこのままでは危ないだろう。なにか薬を使われた形跡もある。

「よく頑張ったな。こんなに血を抜かれて無事でいろって言う方が無理だ。早く医者に――」

言いかけて止める。白く濁った霧が部屋の中をいつまでも蠢いているからだ。逃げる様子もなく、こちらを伺っている風でもあった。この部屋にいるのは自分と紅蝶と他に。

「この干からびた死体はなんだ。管を繫いで……紅蝶の血を移す気だったのか？」

どこからどう見ても、生きてはいない。まさか生き血を吸わせれば生き返ると言うのだろうか。どちらにしても好都合である。霧を見据えたままで、木乃伊の首を目掛けて太刀を振り上げた。

途端に霧が舞い降りて黒衣の林が現れる。あの夜に見た異国の吸血鬼だ。自分の身を犠牲にしてもいいのだろう。紫蜂の太刀を腕で受け止めたのだ。紫蜂は唇の端を持ち上げて笑う。

「そんなに大事か。だったら俺と勝負しろい、助手さんよ」

「おまえ達にはわからない。目の前で家族を失った苦しみは計り知れない」

林は黒と白が反転した目で、ぎりぎりと睨み付けてくる。

「自分だけがしんどいと思うなよ。この国には親兄弟に死なれた連中がごまんといるんだ。自惚れんじゃねえ」

言って一気に太刀を引く。対羅刹鬼用に鍛えられた武器だ。紙を切るように、林の腕がぽとりと落ちた。しかし傷口から霧がかかり、腕が再生される。埒があかない。

舌打ちをして紫蜂は、灯りのカンテラを紅蝶の傍に置いた。

「あいつが姿を消したらこれを倒せ、いいな。それくらいはできるな？」

「わかった……」

ここで逃がすつもりはないが、負けることは死を意味する。同時に紅蝶もだ。清須組が間に合うとも思えない。ならば死なば諸共である。カンテラを倒せば石油が零れ、この木造の家も木乃伊もよく燃えることだろう。この牽制は思っていたよりも効いた。林は木乃伊を残してはいけないのだ。林は実体を保ったままで、こちらを睨み付けるばかりである。

人質を取るなど卑怯かもしれないが、こちらも動けない紅蝶がいる。痛み分けだと言い聞かせて、紫蜂は大太刀を振るった。しかし大太刀は四尺（約百二十センチ）もある。室内で使うには大きすぎるのだ。それを理解した上で、大仰に振るって見せた。

「おまえが拉致した人間はどうした⁉　どこに居る⁉」

「とっくに捨てた。あいつらは揃いも揃って役立たずばかりだ。使えない血ばかりだった！」

今までの羅刹鬼とは違い話が通じる。それだけでも異質な気がするものだった。しかし生存者は絶望的だ。紫蜂は舌打ちをして、構えた太刀で水平に突く。

「なんに使うってんだよ。その木乃伊に吸わせるつもりか？　止めとけ止めとけ。特にこいつの血なんかな。鬼退治専門の家系だぞ！」

「陽紗が助かるならなんだってする……！　何人でも殺して何人でも血を奪って、絶対に助けるんだ！　あの人が言ったんだ……四乃森の血なら目を覚ますと！」

「あの人？」

他に協力者か首謀者がいると言うのだろうか。面倒な話になってきた。内心で顔を曇らせるが、林は続ける。

「たったひとつの希望なんだ……私にはもう、それに縋るしかない……！　じゃなければ、陽紗はなんの為に生まれたんだ！　生まれながらに病を抱え懸命に生きていたのに、華族どもの馬車に轢かれて終わるなど……あってはならない！」

「ああ」と紫蜂は嘆息した。同じなのだ、この羅刹鬼も自分も。生きていたくて終わらせたくなくて、一筋のなにかに縋ってしまった。それが鬼になるか羅刹鬼になるかの違いだけだ。大差はない。

だからこそ焦っている。もう後がないといった、切羽詰まった空気をひしひしと感じるのだ。そこに付け入る隙がある。

紫蜂は大太刀を振り上げて斬りかかった。林は素早くそれを避けたが、その行動は読んでいた。一気に間合いを詰めると大太刀を捨て、腰に下げていた煙管を掴む。これは銀製だ。異国の吸血鬼が嫌うもののひとつである。

身体ごとぶつける形で、その煙管を林の心臓に突き立てた。

「がは……っ！」

一瞬、なにが起こったのか理解できなかったのだろう。林は目を見開いて呆然と自分の胸を見下ろした。抜こうとしたが、煙管を摑んだ手が煙を上げて焦げている。すかさず紫蜂は落ちていた太刀を拾いざま、その切っ先を床に擦りつける。事前に油を仕込んだ太刀だ。摩擦で着火し刀身が炎に包まれた。

そのまま下から振り上げて林の首を断ち切る。刹那、目が合った。反転したとはいえ、家族を思う純粋な情に満ちた目だった。そのままの表情でごろりと頭が床に落ちる。

「陽紗……陽紗……」

首をなくした身体がその場に崩れ落ちるが、それでも手を伸ばすのだ。唯一で愛しい家族に向かって。

「……悪《わり》ぃな」

低く呟いて、その身体に太刀を突き立てた。殊更燃えると言った紅蝶の言葉通り、油を染み込ませた紙のように炎は燃え広がり、異国の吸血鬼は間もなく灰となったのだ。

脂汗を拭ってようやく一息つく。太刀を鞘に収めながら、紫蜂は残された木乃伊に目を向けた。なんとか半身を起こした紅蝶は、言葉を絞り出す。

「……妹だと言っていたぞ」

「そうか」

骨と皮だけになっている。血を与えれば目を覚ますなど、寝言としか思えない。しかしよく見れば所々不自然だ。足や腕に繋ぎ目がある。千切れた腕を繋いだのか、それとも別の人間の腕なのか。

「こいつをどうする？」

「燃やしてやろう。同じところへ行けるように」

「そうだな」と頷き、紫蜂はカンテラの油を撒いて陽紗と呼ばれた遺体に火を放つ。不吉な機材も一緒にだ。灰になるのを見届けた後、紫蜂は紅蝶を肩に担ぎ上げた。

「世話の焼ける女房だぜ」

「……すまん」

「だが気になるのは、こいつが言っていた『あの人』だ。そいつが吹き込んだんだろうよ。あんたの血があれば妹は助かるって」

「私が狙われていたのか？」

「だったら最初から狙えって話だな。他の人間を拉致する意味がねぇだろうに。途中から目標を変えたのか？　それに仲間がいたとなれば面倒な話だ。そいつも追わなきゃならんのかね」

「裏宮家がそうしろと言うなら、追う」

「俺達はあくまで使い走りか。楽しいねえ」

嫌みたらしく笑いながら、家の外へ出る。いつの間にか雨が降り始めていたらしい。細かい霧のような雨が紫蜂の髪を濡らす。

ふと視線を上げると、その先に誰かが立っているのが見えた。一華やツマキが追ってきたのだろうか。雨でけぶる中、声を掛けようとした。しかしそれよりも先に、向こうが口を開いたのだ。

「また失敗ですね。虎丈といい浩宇といい……出来損ないは使えない」

どこか寂しげな声だった。女性と見紛うような整った顔立ちで、長い白髪がしっとりと雨に濡れている。どこか薄弱な佇まいで、すっかり訪れた宵闇に溶けてしまいそうだった。聞き覚えのある声、見覚えのある風柄。紫蜂は目を見開いて立ち尽くした。

「久しぶりですね、紫蜂」

「零泉……」

紫蜂が絞り出した声で名を呼ぶと、彼は目を細めてにこりと微笑んだ。咄嗟に紫蜂の口から言葉が溢れ出る。

「あんた……今までどこに居たんだ⁉　お館様も心配している、千秋家に戻ろうぜ！」

「心配？　残月が心を砕くのは千秋家の行く末だけですよ。私のことなど大して気に留めていないでしょう」

「そんなことはねえよ！　ここで会えたのも縁だ。いいから一緒に京へ帰ろう。な？」

答えはなかった。その視線を紫蜂から外し、担ぎ上げている紅蝶へ向ける。

「紅蝶も久しぶりですね。少し大きくなりましたか。あなた達が組になるのを待っていたんですよ」

「……なんだと？」

怒気を帯びた声だった。思わず肩の上へ視線を向けると、紅蝶は憎悪の色をした目で、零泉を睨み付けている。

「貴様……よくも私の前におめおめと顔を出せたな」

やはり夢で見たことは事実らしい。紅蝶の本心を察するに、本当ならその手で銃を構えたいだろう。しかし回収した銃は紫蜂の懐に仕舞ってある上に、身体の自由が利かない。紫蜂としても黙って攻撃を仕掛けるのを見届けるつもりはないが、紅蝶を放り出して零泉を追うこともできそうになかった。

それを見越しているのか、目の前で零泉は邪気のない顔で嬉しそうに語る。

「もう少し……後もう少しで、私の家族を紹介できそうなんです。でもあなた達は私を放ってはおかないでしょうね。どんな手を使ってでも捜そうとするでしょう。だから先に言っておきたいんです」

雨がいよいよ本降りとなる。雨粒が地面を叩く音と共に、零泉の涼やかな声が響く。

「私を追ってきて下さい。それで全てが解決します」

「あんた……?」

なにを考えているのか。その表情を読み取ろうとするが、彼は静かな雪のように笑うだけだ。そして踵を返し、そのまま立ち去ろうとした。

「おい、待て!」

一歩踏み出した拍子に、担いでいた紅蝶の身体が半ば落ちる。紫蜂にしがみつく余力もないのだ。仕方なく担ぎ直して零泉の姿を目で追ったが、すでに跡形もなく消え去った後だった。

「私を置いていけ。あいつを捕まえるんだ……!」

「……できるかよ」

血を失い雨で体温を奪われ、放っておけば死んでしまうかもしれない。零泉の行方と紅蝶の安否を天秤に掛け、紅蝶を取った。

雨は止む気配もなく、気温も随分と下がった気がする。降りしきる雨が、今にも雪に変わりそうなくらい。

第三章 家族の肖像

「おい、話がある」

紅蝶と顔を合わせたのは、零泉との邂逅からしばらく経った日のことだった。紫蜂が四乃森家へ来てから数ヶ月。季節は移ろい、時折雪がちらつくようになった。

あの後、紅蝶を四乃森邸へ連れ帰ったもののすぐに医者を手配しなくてはならなかった。それも失血と低体温を処置できる知識と技術を持った医者だ。それは西洋医学の領分だと色葉に聞かされ、返事も待たずに飛び出した。行く先はルベン・クラークの診療所。満足に事情を説明しないままに、無理矢理引き摺ってきたのだ。他に西洋医学の心得を持った医者を知らなかったからである。それに以前、林が語っていた「外科手術は一流」という言葉を信じたのだ。

突如乱入した大柄の男に抱え上げられたまま、屋根の上を飛び越えて連れてこられたルベンはずっと「アンビリーバボー!」と繰り返していたが、紫蜂には理解不能だった。

しかし信じがたい状況だろうが手癖が悪かろうが医者である。ルベンは真っ白な顔で意識を失っている紅蝶を前にして奮闘してくれた。まだ実用には至っていないと前置きをして、輸血という方法を試みたのだ。それは林の塒で見た、管と機材を繋いだあの装置だった。林はルベンの技術と知識を盗みたかったのだろうか。

ルベンに林のことを含めた事情を話したところ、ぽつりぽつりと語った。助手として林は優秀だったと。誰かを助けようという熱意を感じた。それが被害者を生むきっかけになったことは残念でならない。その責任の一端を担ってしまったのだ。自分でよければ、出来る限りの協力を惜しまないと。

意識の戻らない紅蝶に代わり、色葉から提言があった。四乃森家には御用達の医師がいる。しかしそのほとんどが東洋医学が専門の医師らしい。事情を細かに説明し、ルベンには四乃森家のお抱え医師として協力してもらえないかと。ルベンはふたつ返事で了承してくれた。伏せっている妹がいるのは事実で、治療費も必要だと言う。華族である四乃森家と縁ができれば、継続的な収入も見込めるのだ。

紫蜂が紅蝶の寝室に入ると、寝台の傍らにいたルベンが大仰に顔を顰める。

「オーウ……まだ安静にしていて欲しいデス。並の人間なら、とっくに死んでいてもおかしくないほど重傷だったのですヨ。いくらその……血誓というミステリーでも、私としてはまだ面会謝絶の状態なのデス」

「いやいい。少しだけだ、先生」

それを遮ったのは、当の紅蝶だった。ようやく意識が戻ったと聞かされたのは昨日のことである。まだ本調子ではないだろうが、血を抜かれた直後よりはいくらか顔色はいい。半身を起こした紅蝶に、ルベンは顔を曇らせた。

「無理はいけませんヨ？」

そう言ってわざとらしく、紅蝶の両手を握る。これはもう元来の性格らしい。紫蜂はため息をついて、退室するルベンを見送った。

「……具合はどうだ？」

椅子には座らず窓辺に背中を預ける。尋ねた紫蜂に、彼女はどこか仄暗い視線を向けてきた。

「良くはないが悪くもない。血誓のお陰でいくらか頑強になったんだろう。先生の処置も的確だったはずだ。もう二、三日もすれば元通りだな」

そんなわけがない。相当な痛手だったはずだが、気丈に振る舞っているのはわかる。

紫蜂はしばらく黙ってから、低い声ではっきりと言った。

「なんで俺に嘘をついた」

「…………」

「あんたの父親の組の相手が零泉じゃないなんて、なんで嘘をついた？　俺がやつを捜しているのを知っていて、なんで黙ってたんだ？」

怒っているつもりはない。真意が知りたいだけだった。しかし思ったより語気が強かったのだろう。紅蝶は眉間に皺を寄せて口を一文字に結んでしまった。紫蜂はぼりぼりと頭を掻いて、ようやく椅子に腰を掛けた。

「あのな……結婚だ夫婦だってのは上っ面の体裁だ。俺だってわかってるさ。でもな、よくわからん化け物相手に背中と命を預けてんだ。欠片ほどの信頼くらいは持ち合わせてると思ったのは、俺だけなのか？」

「おまえは餌だからだ」

「あ？」

「零泉を捜すための、餌だからだ」

紅蝶は殊更無表情に淡々と言い放つ。意味を図りかねてもう一度「は？」と返すと、今度は指を突き付けてくる。

「おまえは零泉を捜している。零泉もおまえには執着している様子だった。幾度となくおまえの話題が出たからな。私が当てもなくやつを捜し回るよりも、おまえと零泉が接触する確率の方が高いと思ったからだ」

「一言でも言ってくれればよかったんじゃねぇか？　それになんだ。あいつが俺に執着？　それはねえよ。たまたま拾った俺に、ちょいとばかし目を掛けてくれた程度だ」

「私はそうは思わない。なにかにつけておまえと自分を比較している様子だった。それを執着と呼ばずになんと言うんだ」

「それはねえって」

とんでもない話だ。いつも穏やかで当主の兄である零泉と、自分のなにを比べるというのだろうか。どこからか舶来品を持ってきては、自分の反応を見てからかい笑う。それだけの関係だ。

「だから組の相手を俺にしたのか？」

「そうだ。おまえはなにも知らず恩人を捜すはずだ。私の父を殺したなどと言っても、おまえは信じないだろう。不信感を覚えたまま、私と契約などするまい。だから言わなかった」

「……親父さんを殺したのは、本当に零泉だったのか？　見間違いじゃねえのか？」

零泉と紅蝶は明らかに顔見知りの様子だった。父親と組だったのも間違いないだろう。他に紫蜂が知っているのは、あの夢のことだけだ。果たして本当に紅蝶の記憶だったのだろうか。あくまでも夢だ。事実である確証はどこにもない。

だが紅蝶は目を吊り上げた。ありありと怒りの表情を浮かべたのである。

「ほら見ろ。おまえは信じない。だが私は見たんだ。あいつが父さまの首に食らい付いているのを。それをおまえは嘘だと言うのか？　見間違いだと？　ふざけるな！　あの日起きた惨劇をおまえはなかったことにするのか！　この屋敷は燃えたんだ。色葉も重傷を負った。その事実を勘違いだとでも言うのか！」

「そうは言ってねえよ。ただ零泉にもなにか事情があって――」

「事情があれば殺してもいいのか!?　命と背中を預ける相手を喰ってもいいと言うのか!?　おまえは元人間だが頭の中はすっかり化け物だな。これまで始末してきた羅刹鬼となんら変わらないではないか！」

「おいおい。俺をあのおかしな連中と一緒にするな。確かに人間じゃなくなった自覚はあるぜ。でもな、心根までは売り渡してねえんだ。元人間としての矜持くらいは残ってるんだよ」

　さすがにカチンときて紫蜂も立ち上がる。しかし紅蝶はこちらを見上げて、冷淡に言い放った。

「餌は餌らしくちょろちょろと踊って獲物を呼び寄せていればいいんだ。おまえにはそれしか能がないんだからな。粛々と私の指示を聞いて恩を返せ。犬のように従順にな」

「なんだって？」

　随分な言い様である。大人げないと思いながらも、一度火が付いた苛立ちを消すことはできなかった。

「言うに事欠いて、俺を無能呼ばわりすんのか？　大体な、これまで戦ってきた羅刹鬼連中……最初のやつ以外は俺がとどめを刺してるんだぞ。林の時はどうだよ。あんたはひとりでのこのこ敵の罠にはまって人質だ。やりづれえったらなかったぜ」

「おまえが単独行動をして、私の邪魔をするからだろうが！」

「あんたが足手まといになってるだけだろうよ！」

さすがに部屋の外まで聞こえたのだろう。慌てた様子でルベンが飛び込んできた。

「ストップです、ストップ！　これ以上は駄目デス！　患者を興奮させてはいけまセン。悪化しマス。落ち着いてくだサイ」

「俺は冷静だよ」

荒々しく言い放って、紫蜂はそのまま部屋を出て行った。紅蝶と目も合わさなかった。しかし部屋を出たところで、色葉が怖い顔で立っていたのだ。中の会話は聞かれていたのだろう。

「……なんだよ」

「だから鬼は信用ならないんです。人の生き血を啜る化け物なんですから。いつ本性を現すかわかったもんじゃありません」

「あんたも俺を化け物呼ばわりすんのか。だがその化け物がいねぇと、この四乃森は
やっていけないんだろ？　俺がいないと困るんだろ？　裏宮家から見限られたら、華族

として存続できねえもんな。今日の飯を食うためには、俺に頭を下げなきゃならんわけだ」

我ながら酷い台詞だと自嘲する。喧嘩を売ったと思われたのだろう。色葉は怒りに顔を赤く染めて、紫蜂の胸ぐらを摑んだのだ。

「お嬢様の気持ちも知らないで、よくもぬけぬけと！　私だってあなたみたいな鬼を『旦那様』なんて呼びたくないんですよ！　零泉と同じ千秋家の鬼なんて、私は反対だったんです！」

「だが、それがあんたの主人の判断だったんだろうが」

「あの日からお嬢様は満足に眠れていないんです！　屋敷が燃えていくのを夢に見るんですよ！　魘《うな》されて起きて、頭の中にあの日の光景が蘇るんです！　お父上の復讐を誓ってなにが悪いんですか！　気丈に振る舞っておいでですが、まだ十六歳なんです！あなたがもっと支えてあげるべきでしょう？　無駄に歳をとってるんですから！」

「信用もない女を支えられるかよ。俺はそこまでできた男じゃねえんだ」

色葉の手を払って歩き出す。とにかくこのままの感情でここには居られない。行く当てもないが、さてどうしようか。玄関ホールまで来たところで、小さなテーブルの上に封書があった。宛先は『四乃森紫蜂様』となっている。帝都に住む自分に手紙など、一体誰だろうか。手に取って差出人を見ると、『千秋残月』の文字があった。慌てて封を切って中の便箋を取り出す。

「相変わらず達筆だな。えーと……時節の挨拶はいいとして本題は……所用があり帝都へ向かいます。駅まで迎えに来いってことか。日付は……今日じゃねぇか！」

京都からの郵便や飛脚の脚の計算を誤ったのだろう。もしくは仕返しにと色葉が隠していたのか。とにかく急がなければならない。紫蜂は最低限の身支度を調えて、玄関を飛び出した。

*

「やあ、久しぶりだね紫蜂。すっかり垢抜けたかな？　僕もすっかりお上りさんだよ。汽車なんて初めて乗ったから嬉しくなってしまってね。昨日はなかなか眠れなかったんだ」

「おお……そりゃなによりだ」

久しぶりに会った残月は、相変わらずにこにこと穏やかに笑っていた。しかし着ている着物は上等なものである。気軽な着流しではなく、千秋の紋が入った羽織と袴の正装だ。なんとなく観光に来たわけではないのだろう。不思議に思い首を傾げた。

「急にどうしたんだよ。わざわざお館様が帝都に来るような用事があったか？」

「あったかじゃないよ、他人事みたいに。清須家にお世話になっているんだろう？　他家と交流があるのなら、挨拶に出向くのが礼儀に決まっているんだよ」

「世話に……なったかなぁ。逆ならわかるぜ。むしろ俺が世話をしているくらいだからな」

顎を撫でながら言うと、残月は呆れたようにため息をついた。

「馬鹿なことを言うんじゃない。世話をしようがされようが、関わりがあるのならそれなりの根回しは必要なんだよ。行き違いがあって揉めてからじゃ遅いのだからね」

「っていうか、なんでそれをお館様が知ってるんだよ。誰から聞いた？」

「おまえは本当に筆無精だからね。実家に手紙なんか書かないだろうけど、紅蝶殿がまめにおまえの近況を送って下さるんだよ。感謝しなさい」

「あいつが？」

全く知らなかった。自分を犬呼ばわりした紅蝶が？　粛々と餌になれと言い放った小娘が？　釈然としないまま眉を顰める。であれば、清須家に案内すればいいのだろうか。

「今から清須家に行くってことか？」

「向こうの御当主が会って下さるんだ。これからのことを話し合って、おまえのこともよくよく頼むつもりだよ」

「……俺のこと？　よろしくお願いしますと、頭を下げるつもりか？」

「そうだよ。帝都に住んでいるのだから、清須家の方々と嫌でも関わる。しっかりと顔を合わせて頼むことに、意味があるんだ。おまえにはわからないかもしれないけどね」

「子供じゃねえんだ。お館様がそんなに下手に出なくても……」

ぶつぶつと呟くが、残月からは尻を叩かれてしまった。

「子供なんだよ。僕は親だからね。おまえ達の行動に責任があるんだ。特におまえは不精者だから、いつだって心配なんだよ」

「そりゃ……有り難いこって」

端から見れば紫蜂が父親か兄のような風体だが、いつまで経っても残月には頭が上がらないのだ。しおらしい顔をして、道案内を買って出る。

「それで、なにかあったのかな？」

「なにって……なにもねえよ」

「嘘ばかり言うんじゃないよ。零泉のことだろう？」

「…………」

思わず押し黙るが、親は全てお見通しなのだ。隠すだけ無駄だと悟り、ゆるゆると口を開く。

「……この前、会った。家族ができたんだと」

「家族ね。あの人は昔から『自分の家族』に拘るところがあったけど……まさか自分の血族を作ったのかな」

「そこまではわからねえが……ちょっと普通じゃなかったぜ」

「どちらにせよ、僕の許可無くして洗礼を行うのは御法度だ。紫蜂、もしおまえが『そうだ』と判断したら、処分して構わないよ」

残月は冷淡な調子で言うのだ。

「お館様……血を分けた兄貴だろう？」

「血縁者だから情けを掛けられないんだ。ひとりを許せば他の鬼も許さなくてはならなくなる。規律を守るためにはそうするしかないんだよ。僕の前に姿を現したなら、僕の手で終わらせるんだが……あの人は僕を嫌っているから、どうだろうね」

「…………」

千年続く家を守る主だ。兄弟だろうと容赦はない。そこが残月の怖いところでもある。そして続けてこうも言うのだ。

「それで紅蝶殿とは上手くいっているのかい？」

「おお……そりゃもう絶好調よ」

「また嘘ばかりつくね。喧嘩でもしたかな？　夫婦喧嘩は犬も食わないなんて言うけど、僕は見過ごさないよ。僕はおまえと紅蝶殿の仲人みたいなものなんだから、余計にね」

「いや……ちょっと言い合いになっただけだよ。そんだけだ」

「しばらく四乃森の家で厄介になるから、少し話を聞いてみようね。こういうのは双方からの意見を聞かないと駄目なんだから」

ややこしくなる予感しかしない。慌てて紫蜂は手を振った。

「うちに泊まるのか？　や、宿に泊まろうぜ、普通に。ほら、帝都には景観のいい旅館がいっぱいあるからよ。なんなら俺も一緒に——」

「いや、四乃森家へ泊まるよ」

「でもよ……」

「僕の言うことが聞けないの？」

またもや冷淡な声色に、口の中で「ひぃ」と悲鳴を上げる。どう頑張っても紫蜂に勝ち目はないのだ。がっくりと項垂れて案内役を続けるしかない。

大通りに面した清須家の長屋門まで来ると、さすがに残月は目を丸くした。

「これはこれは……立派なお屋敷だね」

「だろ？　先に連絡してるんなら、ここから入っちまおう。そりゃそうと当主ってどんなやつかね。俺はまだ会ったことねえよ」

「おまえは外で待っていなさい。御当主に紹介するのはまた後日だよ」

「…………」

　まるで留守番を言い付けられた子供の気分である。門から声を掛けて迎えに出たのはアオマツだった。むっとしている紫蜂の顔を見て、戦々恐々といった様子である。後にぽつんと残された紫蜂は立つ瀬がないし、敵陣へたったひとりで主を送り出したようなものである。心配するなと言う方が無理だ。

「大丈夫かな、お館様は。時々ぽやっとするからな、あの人は」

　さてどうやって時間を潰そうかと立ち尽くしていると、大扉の脇にある潜戸から出てきた人物に声を掛けられた。

「紫蜂殿？」

「おお、ツマキか」

　背の高い軍服の男を見て、いくらか顔を綻ばせる。知った顔が居るのは心強い。

「こんなところでどうされた？」

「うちの当主が清須の当主と面会してるんだ。俺はしばらく待ち惚けだわ」

「ああ……だから中がぴりぴりしていたのか」

「……ここの当主はどんなだ？　いきなり喧嘩を売ってきたりしないよな」

「それは問題ないだろう。茶目っ気があるが礼節を知る人だ。名のある千秋家に食ってかかったりはしない」

「それならいいが」

「時間があるのなら……茶屋にでも？」

意外な申し出に、紫蜂は少しばかり面食らった。他人と積極的に交流する性質には見えなかったからだ。

「あんたとか？　構わんが……珈琲は勘弁してくれよ」

＊

ツマキが案内してくれたのは、大通りから外れた小さな茶屋だった。昔ながらの緑茶と串団子を出されて、紫蜂はどこかでほっとした。

「茶屋はこうでないとよ」

餡のたっぷり乗った焼き団子を頬張っていると、床机《しょうぎ》の隣に座ったツマキがすっと指をさした。護身用に、それともしかしたら残月を守るような事態にもなりかねないと腰に差していた大太刀である。

「……見せてもらえるだろうか」

「いいけどよ」

団子を咥えながら手渡すと、ツマキはどこか目を輝かせて太刀を抜いた。柄を握り、峰を見たり切っ先を見たり。おそらく刀剣が好きな質なのだろうと、納得しながら団子を味わう。やがてツマキはぽつりと低く呟いた。

「赫刀《かくとう》……角狩専用の太刀。これに斬られれば、並の鬼なら燃えて灰になる」

「おう。好きな太刀を作れるって言うから我が儘言わせてもらったわ。鬼を斬るならこの方が都合がいいだろ。おまえさんがわかるってことは、今でも使ってんのか？」

「昔ながらの赫刀を使う者もいるが、とにかく扱いが難しい。炎を纏わせる為にも細工をするので、脆いと聞く。これを扱えれば一人前の角狩衆だとか」

言ってツマキは置いていた自分の刀を差し出した。無言で受け取り抜いてみる。本来なら軍人が帯刀するのはサーベルのはずだが、これは対羅刹鬼用に鍛えられた太刀だ。少しだけ赫刀の細工も見られるので、日本刀と赫刀の間といったところか。

「今はこんなになってるのか。まぁ、羅刹鬼を相手にするには、これくらい強度がないとやってらんねぇだろう」

「先輩……」

「やめてくれ。俺なんぞ古株を通り越して化石だぜ。それも仲間から斬られた口だ」

「昔の角狩衆は血の気が多かったと聞く。冤罪で仲間を斬るような例もあったとか。それに巻き込まれたのだな、先輩」

「やめろって」と顔を顰めながら太刀を返す。

「紅蝶殿の容態はいかがか？」

「ああ……あいつは元気だよ。たっぷりと血を抜かれたとは思えねぇほどな」

言って今朝の言い争いを思い出す。犬だ餌だと言い捨てられて、情けないほどこの上ない。とりあえず飛び出してきたのは良いものの、帰る場所などあの家しかないのだ。

紅蝶の血でなくては生きていけないし、千秋家に帰ると言い出せば残月に殴られるだろう。頭が痛くなって額を押さえると、どうしたのかとツマキが心配の目を向けてくる。

「……この間は悪かったな。呼び出した挙げ句に四乃森の家まで行かせてよ。散々に貧乏くじを引かされて、一華も怒ってただろう」

「むしろ心配していた」

「……あいつがか？」

意外だ。悉《ことごと》く四乃森が出番を掻っ攫っているのだ。清須家の面子を気にする一華にとって、目障りでしかないはずだが。

「我が儘で気が強くて矜持が高くてすぐに人を着せ替え人形にする高慢ちきで面倒な小娘だと思っているだろうが、ああ見えて極度のお節介で世話焼きで気が回る。ああ見えても」

「……あんた殴られるぞ」

「先輩と紅蝶殿はまだ組になって日が浅い。上手くいっていないのではないかと、常々漏らしている。かく言う俺もハラハラしている。今も」

「……端から見て、そんなに酷いもんかね」

「お互いが自分ひとりで全部を始末しようという、気負いを感じる。相方を信用して任せてみるのも手だ。組というのは悲しいことは半分、嬉しいことは二倍」

まるで婚儀で仲人が言う台詞だ。いや、結婚はしているのだ体面上は。苛立つのはそれも理由だろう。顔が好みだと迫るくせに、それも嘘だったのだ。もはやなにを信じて良いかわからない。事実だとはっきり言えるのは、あの日見た夢くらいである。あの燃える屋敷で渦巻いた、孤独感と復讐心は嘘ではないはずだ。

「……あんた、一華の記憶の夢を見るか？」

「見る。逆も然り。向こうも俺の記憶を見ている。なにを隠そうとも筒抜けだ。先日も『シュークリームが食べたい』と思った翌日には、一華が用意していた。最初は鬼など信用するまいと意地を張っていたが、段々馬鹿らしくなったものだ。諦めたと言った方が正しいか」

「そうか……向こうも俺の夢を見てるのか。こっちの思惑なんてダダ漏れなのか」

「全て筒抜けだと思っていた方がいい。ただ、都合良く知りたいことをすぐに知れるような、便利なものではないが。黙っていてもあまり意味はない」

頭を抱えて呻く。こちらの意図を知って尚、あの態度ならば作為的なものなのだろう。今朝方自分を「餌だ」と言い放った紅蝶の顔を思い出す。

「あいつは嘘が下手だからなぁ」

なにかを隠しているのは気付いていた。知られたくない事情があるのだと、見て見ぬ振りをしてきた。誰にでもそういうものは抱えている。だがここにきて、明らかに零泉絡みの様子だ。しかし問い詰めて素直に白状するだろうか。強情さだけは折り紙付きなのだ。更に唸っていると、唐突にツマキが声を上げた。

「角狩衆掟その一」

「鬼の面前で逃亡するを許さず」

反射的に唱えると、ツマキは無表情に頷いて自分の太刀を指した。

「介錯《かいしゃく》は任せて欲しい、先輩」

「切腹しろってか！」

角狩衆で決められた厳しい法度があり、背けば切腹だ。その中でも敵前逃亡は重罪。要は正面から当たって砕けろ、四の五の言わずに腹を括れとの助言だ。紫蜂にしてみれば子供のような歳の後輩から、発破を掛けられるとは。情けなさを上回り、一周回って清々しさまである。紫蜂は大仰に肩をすくめて、息を吐いた。

「確かにな。逃げ回っても後回しにしても解決はしねぇか」

ちらりとツマキを見ると、心得たように少しだけ太刀を抜いて刀身を見せてくる。

「……また角狩の連中に斬られちゃ堪らんぜ」

前回とはわけが違う。今度こそ次はないのだ。鬼として生きるなら、紅蝶の相方として生きるならばここが正念場だ。紫蜂は湯飲みに残った茶を飲み干した。

＊

紅蝶が呼ばれたのは、その日の夕暮れのことだった。放っておけば一日中でも看病を買って出るルベンを帰し、一息ついた時分だ。色葉が顔色変えて部屋へとやってきた。用件を聞いて慌てて玄関ホールへと向かう。

そこに居たのは罰の悪そうな紫蜂と、

「残月殿？　そういえば帝都にいらっしゃると手紙にあったな。今日でしたか。失礼しました。すぐに部屋の用意を……色葉、そんな顔をするな」

憎き千秋家の、それも当主である。あからさまに眉を顰めた色葉を窘める。

「いいえ、うちの紫蜂当てに手紙で言付けていたが、どうにも不精者でね。失念していたそうだよ。申し訳ないね」

「……俺じゃねえよ。俺の所為じゃねえんだって」

「食事などの接待は不要だよ。四乃森の家に手間を掛けさせたくないからね。寝床があればそれで十分」

「そうですか？　色葉、浴室と客室の用意を頼む」

『かしこまりました』と足早に立ち去る色葉を見送りながら、ちらりと紫蜂の顔を見やる。しかし途端に目を逸らして、余所を向いてしまった。どうやら相当嫌われているらしい。それも仕方ない。そう仕向けたのは自分だし、いらぬ情など抱いて欲しくないのだ。失望されるくらいなら、初めから嫌われていた方が気が楽だから。

どうやら吸血鬼ふたりは食事を摂らないらしい。残月はともかく、紫蜂までも食堂に現れなかったのだ。しかし紅蝶は腹が減る。広い食堂でぽつんと椅子に座った。

いつもなら律儀な紫蜂が欠かすことなく食事の席に着いて「これはなんだ」「食べたくない」など一通り騒ぐものだが、今夜ばかりは静かなものだった。色葉は控えているが、あくまで主人と召し使い、もしくは上司と部下の関係である。家族と表現するには少し違う気がするのだ。カチャカチャと食器が触れ合う音だけが響く。そしてようやく、独りなのだと実感した。

「……今夜はやけに冷えるな」

ぼそりと呟いた声が、寒々しい部屋に溶けて消える。

味もよくわからないまま食事を終え、自室に戻ろうとした時だ。屋敷の南側のサンルームに残月が佇んでいたのだ。

声を掛けるよりも先にこちらに気付くと、残月はふわりと微笑む。

「雪が降ってきたね」

「雪……」

だから冷えるのだ。昼間は太陽の光を受けて燦々と輝くこの場所も、夜になれば闇夜を吸い込む鏡のようだった。紅蝶が真っ暗な窓の外に目を向けると、大きな綿雪がゆっくりと舞い落ちている。

「積もりますね」、そう言おうとした。しかし残月はゆっくりとその場に両膝をつくと、紅蝶に向かって深々と頭を下げるのだ。さらさらと白髪が顔にかかる様子を見て、さすがに目を剝く。

「残月殿!?　一体……顔を上げて下さい！」

「兄が大変なことをしでかしたようです。申し訳ない。兄の不始末は僕の責任。重ね重ね、お詫び申し上げる」

紫蜂から一部始終を聞いたのだろうか。慌てて紅蝶も膝をつくと、残月の手に縋った。

「残月殿が悪いわけではありません。決して千秋家の責任ではなく、あくまで零泉個人の問題で――」

「いいえ。兄の責任は弟が負うもの。血の繋がった縁は、消えてはなくならない。思えばいつからか、零泉は僕を避けるようになった。兄は僕が嫌いなんだよ」

「でも……何故……？」

残月は顔を上げると、正座の姿勢のままで目を細めた。

「自分は弟よりも劣っている、兄はずっとそう思っていたはず。同じ親から生まれながら『子』を増やし家を継ぎ血族を導く、そんな僕を妬んでいた。何故自分にその役目がないのか、ずっと思い悩んでいたのは知っていたんだ」

「しかし……『親』になるには素質が必要だと。血筋だからと誰も彼もが親になれるはずもないと聞いています」

「血縁者だから、許せなかったんだろうね。僕と僕の家族がひしめく千秋家は、さぞや居心地が悪かったのだろう。独りになるのを一際嫌って、何度も死にかけた人間を拾っては心を尽くしていた。でも結局は皆、僕の家族だ。自分のではない。彼らは兄に感謝こそすれ、尽くすのは親である僕だ。そうやってどんどん、自分の居場所を無くしていったんだろう」

「独り……」

「たったひとりでも、本当の家族が欲しかったんだ。千年の間、千秋家で孤独に苛まれ、ついには外界へ出て行った。いつかそうなる気はしたんだ。追うつもりはなかった。どこかで幸せに暮らしていればそれで良かった。零泉は僕と双子なんだよ」

「双子？　でも見た目が……」

「兄はどんどん歳を取り、鬼としての能力も少しずつ失っていった。鬼としての寿命が確実に迫ってきていたんだ。明日か百年後か……わからないまま居場所もなく独りでゆるゆると……恐怖だったと思うよ」

言って残月は、細く息を吐く。

「だが他人様に迷惑をかけては駄目だ。ましてや人間を襲い殺すなどあってはならない。どんな理由があったとしても、僕は許すつもりはないよ。千秋家の当主として、毅然とした対応をしなければいけない。紫蜂にはそう言ってある。千秋家で兄に対抗できるのは、僕か紫蜂だけだから。紫蜂は殊更、僕の血が濃く出ているからね」

「…………」

同じだと、紅蝶は両手を握りしめた。「恩人を始末しろ」と、なにもかもを紫蜂に背負わせようとしている。残月の判断を「非道《ひど》い」と言えるはずもないのだ。しかし紫蜂は残月には大恩がある。第二の人生を叶えてくれた恩が。紫蜂は残月を憎むことはしないだろう。渋々でも引き受けたはずだ。

しかし同じ事を紅蝶もしようとしている。私的な復讐の為に恩人を殺せと。嘘を並べ立てて、上手く利用しようとしたのだ。好かれるはずもなく、嫌われて当然である。

押し黙った紅蝶に、残月が手を伸ばす。見た目こそあまり歳の変わらない残月は、そっと髪を撫でたのだ。

「よくひとりでここまで頑張ったね」

はっとして顔を上げると、残月は淡雪のように微笑む。零泉が音もなく降る粉雪ならば、残月は春先に降る決して積もることのない雪だ。淡く解けて春を待つ。

「紅蝶殿と最初にお会いした時、あなたは驚いた顔をされた。零泉と似ていたからかな。それを見て、兄がなにかをしでかしたことを悟ったよ。それも取り返しのつかないことをね。同時に、あなたはお寂しいのだと感じた。たった独りでなにかを成し遂げようと、立つのがやっとの有様だと」

「そ、そんなことはない。私は……」

「人は群れで生きる動物だ。人間も鬼も変わらない。だから群れの中で立つ位置が変わったり、それを見失ったりすると途端に崩れてしまう。不安になって閉じこもったり、誰かを責めたりする。そうやって自分を守ろうとするんだ。あなたは父上を亡くされて、立つ場所をなくし臆しておられる」

残月の目は、まるで全てを見透かしているようだ。同時に全てを包み込むような柔らかさもある。

「ならばせめて、紫蜂を傍に置いて欲しかったんだ。あれは情の深い男だ。あなたとの結婚があろうがなかろうが、あの場に居たならあなたを助けただろう。紫蜂が居れば、あなたは歩き出せる。あなたの居場所を作り、守れる男だ」

「そうだろうか……。あの男は私との約束を義理で果たしているだけだ」

「義理だけでここまでしないよ。十年前にあなたに助けられてから、ずっと気にしていたんだ。いいかい？　あなたはもう独りではない。あなたは紫蜂の妻なんだ。僕にとっては『娘』だよ。今やあなたも千秋家の一員だ。家族なんだよ。独りで抱え込むのは止めなさい。紫蜂だって納得しているんだ。しっかり頼りなさい。じゃないと、零泉のように歯止めが利かなくなってしまう」

じわりと目の奥が熱くなった。寂しかったのだと、ようやく気付いたのだ。父を失い兄とも慕った零泉も去り、後に残されたのはこの大きな屋敷と重い責務。脚が震えて今にも座り込んでしまいそうだ。残月の言葉通り、立っているのが精々だ。たった独り復讐だけを糧に戦えるはずもない。目の前が真っ暗になった時、子供の頃に出会った大きな鬼を思い出した。あの時の約束を果たせなど、体の良い口実だ。傍に居て欲しかったのだ。誰かに寄り添って欲しかった。共に苦難に立ち向かってくれる者が欲しかった。一目惚れと言ったのは、本当なのだから。

「あの男は……私のことが嫌いだ」

「そんなことはないよ」

「嘘をついた……」

「気付いているとも」

「怒っているはずだ……」

「もしそうなら、僕が拳骨を落とすよ」

そう言って残月は、いつまでも傍に居てくれた。溢れて止まらない涙が乾くまで。本当の家族のように、父親のように。

あの日に失った全てのものが、少しずつ戻ってきた気がした。

＊

真っ赤に腫れた目のまま、紅蝶は自室に戻る。しかしドアを開けた瞬間、目に入ってきたのは自分の寝台の上で寛いでいる紫蜂の姿だった。

「な……！」

「おお、随分ゆっくりだったな。今日の夕食はそんなに美味かったか？」

自分の寝台とばかりにごろりと寝転がり、勝手に本棚から出した本を広げている。出し抜けの事態に立ち尽くしていると、紫蜂は気怠そうに半身を起こした。

「悪かったな、飯時に一緒に居てやれなくて。俺はお館様から有り難い説教だよ。全く……いつまで経っても子供扱いだぜ。俺はもう百五十歳だっつの。人間ならとっくに爺さんだってのに、参るぜ」

「わ、私の寝所でなにをしているんだ！」

いつか紫蜂から向けられた台詞だったか。あの時はつまみ出されたものだが、まさか自分の口から言うことになるとは。しかし紫蜂は持っていた本を脇に置くと、大きな手で寝台を叩くのだ。

「まあいいから、こっち来いや」

「…………！」

「なんで固まってんだ。この前、俺の布団に入ってきたのはどこのどいつだよ。雪が降って寒かろうと思って暖めてやったんだろうが」

焦れたのか、眉間に皺を寄せながら腕を掴まれてしまう。そのまま強引に寝台に座らせると、何かに気付いたのか片眉を上げた。

「やたら顔が赤いな。やっぱりまだ本調子じゃねえだろう。あんだけ血を抜かれりゃ当然か。ちゃんと飯食ったんだろうな。肉と魚を食え。血肉になるからよ」

「か、顔に触るな……！　なんなんだ一体！　婦女子の部屋に勝手に入るなど、言語道断だぞ！」

「用があるから来たんだろうが」

言いながらも、いつもと様子が違うなと感付いたらしい。殊更に顔を覗き込んで来るので、必死に押し返す。だが紫蜂はその手を握り込んで押さえると、真摯な目でじっと見つめてくるのだ。残月に見透かされ、散々に涙を零した後だ。精神的に弱くなっているのを知られたくない。

「あんた、俺に言うことがあるだろう」

「…………」

今朝の暴言のことだろうか。それとも零泉のことを黙っていた件か。いや本気で惚れていることとか。思い悩んで口を噤んでいると、紫蜂はふいっと視線を外す。

「……まあ、言いたくないなら言わんでもいいが。……さっきあんたの夢をまた見た。あんたの父親と零泉と一緒に暮らしているのとか……いろいろな。血誓組ってのはそういうもんだ。黙っていても無駄だぞ」

「夢……」

それはつまり自分の過去だ。この男は知ってしまったのか。なにもかもを。今になってようやく気付く。嘘で縛るなど、初めから成立しない関係だったのだ。無理に押し通そうとすれば、どこか歪になって当然だ。もはやここまで。観念して瞑目する。

「……すまん」

「謝る前に、あんたの口からちゃんと聞かせてくれ」

「……おまえに嘘をついた。父は確かに零泉と組だったし、私も数年を一緒に過ごした。家族だと思っていたんだ。それをある日突然、裏切られた。しかし父を食い殺したのは本当だ。嘘じゃない」

「……それで？」

「おまえを利用するつもりだった。前にも言ったが、おまえは勝手に零泉を捜すだろう。私が当てもなく捜し回るよりは効率がいいと思った。おまえは義理堅い男だ。私の恩に報いるために、結婚に応じるだろうという確信があった。おまえはなにも知らされず、私に利用されただけだ。結果はこれだ。零泉はおまえに接触してきた。目的は達した」

訥々と語るが、紫蜂は知っているとばかりに表情を動かさない。

「俺に餌だ犬だと言い捨てたやつは？」

「……ああまで言えば、おまえは私を嫌うだろう。それでいいんだ。おまえは私の復讐を阻止する動機がある。もっと言えば、残月殿の指示を無視して零泉に味方するかもしれん。それも致し方なしだ。私にいらぬ情など抱いてくれるな。辛いからな。おまえはもう自由だ。四乃森から出て行っても構わん。それくらいの罪だと自覚している」

「そんなに俺が嫌いか？」

「そんなわけあるか。おまえの顔が好きなのは事実だし、一目惚れなのは本当だ。太刀を抜く様も大きな手も好きだ。なにもかもを失ってひとりになった時、他に頼れる大人はおまえだけだと思った。おまえに傍に居て欲しかった」

「……俺だけってことねぇだろ。放珈堂の情報屋も色葉もいる。四乃森に協力する人間は多いはずだ」

「おまえに惚れてるからに決まってるだろう。何度も言わせるな」

「…………」

ここでようやく紫蜂の表情が固まった。まるで初めて聞いたとばかりに、ぽかんと目を見開くのだ。はっとして紫蜂の胸ぐらを摑む。

「……おまえ、私の夢を見たと言ったな。どんな様子だった？　今すぐ説明しろ、事細かに詳細に具体的に！」

するとと紫蜂はしらっと余所を向くのだ。悪戯がバレた子供みたいな苦笑を浮かべて。

「夢を見たなんて嘘だな!?　騙したな！　汚いぞ！」

「どの口が言うんだ、どの口が」

言いながら、大きな手でがしがしと頭を撫でられた。完全に子供扱いだ。むっとしてその手を払うと、紫蜂は笑っていた。寝台の上で胡座《あぐら》をかき、頬杖をつき目を細めて。孤軍奮闘していた自分を労うように、穏やかで包容力のある微笑みだった。

「これが年の功ってやつよ」

低く喉の奥で笑うので、紅蝶は頬を紅潮させて俯くしかない。そんな大人の面を見せられて冷静でいられるほど、経験を積んでいないのだ。

「……私に怒っていいんだぞ」

「子供の嘘に目くじら立てるかよ。だが筋は通せって話だ。命懸けて契約してるんだ、反故にされちゃ堪らん。契約不履行ってやつだ」

「……子供か」

どうにも紫蜂にとって自分は子供なのだ。どれだけ背伸びをしても、実年齢が上がるわけでもない。むくれて唇を尖らせる。

「子供じゃないと言い張るんなら、相手を信用してからだな」

「信用はしている」

「ふぅん。じゃ、それを前提としてだ。……あんたはどうしたいんだ」

静かに問われて、しばし口を閉ざす。

「……何故、父を殺したのかを知りたい。どんな理由があったのか……仇を討つか決めるのは、その後だ」

「俺もあいつの行方を追わなきゃならん。お館様からは、このまま零泉を追って詳細を探れとのお達しだ。血族の掟に反するような事実があれば狩れ、だとよ。その為には四乃森の情報網が必要だ。他の当てなんて……清須家くらいしかないが、あまり貸しを作りたくはないな」

「そうか。しばらくは共に居られるか」

嘘も罪も明るみに出た。暗い顔で告げると、紫蜂はその手でぺちぺちと頬を叩いてくる。

「いいか、契約をしちまった以上、俺はあんたから離れられないんだ。あんたの血がないと生きていけないからな。俺が四乃森から離れる時は、死ぬ時だ」

「紫蜂……」

「そんな顔すんな。大体な、俺に惚れてるなんて勘違いだと思うぞ。親父さんが急に亡くなって、混乱している中で俺が出てきただけだ。建前上は夫かもしれんが、あんたの中では兄貴か親父か親戚の兄ちゃんくらいの位置だぜ」

申し訳なさそうに笑う。この男は正直なのだ。子供の機嫌を取るように、上辺だけの嘘で誤魔化すことをしない。少なくともそれくらいは買ってくれているのだ。紅蝶は小さく笑う。

「そうだろうか」

返事とばかりにもう一度頭を撫で付けて、紫蜂は立ち上がる。

「しっかり休めよ、いいな」

そう残して紫蜂は部屋を出て行く。閉じるドアの音を聞いて、大きく息を吐いた。

すっかり脱力して寝台に横になると、紫蜂が居た場所が暖かい。この温もりだけは失いたくないのだ。

「父さま……私はどうしたらいいのだろうか」

いつだって心の中で問いかける。子供の頃は、問えば必ず答えが返ってきたものだが、今や独りだ。このまま紫蜂を頼っていいのか、解放してやるべきか。彼への気持ちは果たしてなんなのか。

窓の外ははらはらと雪が舞っている。紫蜂が残した温もりを抱きしめるも、答えは見つからないままだった。

*

四乃森邸に九我が走り込んできたのは、数日後のことだった。急に連絡が取れなくなり、放珈堂にも姿がない。ついにどこかの勢力から始末されたんじゃないかと、紅蝶に漏らしていた時分だ。

「先日は申し訳ありませんでした！」

相変わらず青白い顔をして紅蝶の執務室に駆け込むや否や、九我は綺麗な土下座を決めた。紫蜂が紅蝶を見やると、少し目を丸くしていたが平時の様子で淡々と返す。

「先日とはなんだ？」

「林浩宇の件だよ。間違った情報を摑まされるなんて……僕としたことが！」

「それだけ巧妙だったのだろう。謝罪に来たのか？」

「それもあるけど、去年から依頼されていた零泉の件でね」

方々を駆け回り、ぐったりと煙管を吸っていた紫蜂の手が止まる。長椅子から立ち上がると、紫蜂は厳しく目を細めた。

「行方がわかったか？」

「見た、という証言があったんだ。ここ一年間まるで情報なしだったのに、急に複数の目撃者が出てきたんだよ。なんでかなぁ。わざとかなぁ。罠かもしれないなぁ」

「……『追ってこい』とか言っていたからな。確かに故意の可能性もあるか」

「何処にいる？」

紅蝶と並んで問い詰めると、九我はずれた眼鏡を直して額の汗を拭う。

「横浜だよ。あそこに『崑崙会《コンロンかい》』というサロンがあるんだ。一見すると金持ちが通う会員制の酒場。しかしその実体は、清国系吸血鬼一族『柳《リュウ》一族』が経営する賭場だ。主催者も客も吸血鬼ばかり。零泉を見たと言うのは、柳一族の代表でね……」

「柳一族？」

問い返すと、紅蝶は難しい顔で唸る。

「開国した日本に続々と海外から吸血鬼一族が入ってきている。『柳一族』もそのひとつだ。阿片を売ったり闇商売に手を出したり、厄介な勢力だな」

「賭場ね。賽や花札でもやんのか？　丁半博打ならちょっと自信あるぞ」

灰皿に灰を落として尋ねるが、九我は「まあ聞いてよ」と続ける。

「林浩宇も柳一族の鬼だ。柳一族がいろいろ手を回して身元の偽装をしていたんだよ。道理で完璧な素性だと思ったね。まあ……見破れなかった僕にも責任はあるからちゃんとお詫びしようと思って、崑崙会に潜入してたんだよ。褒めて！　危なかったんだから！」

「海に沈められなくてよかったな」

「なんとか柳一族の代表『柳天藍《リュウテンラン》』に近づこうと思ったんだけど、対面は叶わなかったね。警備が厳しすぎる」

「お、やっぱり海に沈むか？」

新しい煙草に火を付けて紫蜂は腕を捲る。

「待って待って！　最後まで聞いてよ。賭場で賭けるのは試合だ。柳天藍が用意した鬼と戦ってその勝敗を客が賭ける。その鬼って言うのがさ……どうも羅刹鬼っぽいんだよね」

「なんだと？」

さすがに紅蝶が声を上げる。紫蜂も眉間に皺を寄せた。

「試合に羅刹鬼なんか出して収拾付くのか？　そもそもどうやって連れてくるんだ。無理だろ」

「試合なんて言ってるけど、要は羅刹鬼同士を戦わせたり、格下の鬼を惨殺するのを観戦するショウだよ。対するのは大体、柳一族に刃向かったやつらだ。見せしめの粛清代わりに戦わせて、勝てば無罪放免、負ければ死ぬ。羅刹鬼の入手経路は不明。でも下級の弱っちいのみたいだよ。鬼が三十人居ればなんとかなるくらいの。で、今ここでトラブルを抱えている」

九我は忙しくなく眼鏡を押し上げると、楽しそうに目を輝かせる。

「紫蜂さんの懸念通り、収拾が付かないレベルの羅刹鬼が出てきた。自由を奪って収容するのが精一杯。勝てる見込みのある鬼もいない。柳天藍は完全に持て余していて、これを処理してくれる者を探している。始末してくれれば、会うのも吝《やぶさ》かではないと」

「なるほどな。であればシンプルだ。その羅刹鬼を討伐して柳天藍に話を聞こう」

「わかりやすいわな」

ここに来てようやく見えた光明だ。罠であっても逃すわけにはいかない。ゆらりと立ち上がる紅蝶と紫蜂を見て、九我は「楽しくなってきた！」とますます目を輝かせた。

＊

横浜と聞いて、紫蜂が思い浮かべたのは黒船のことだった。実際に見たことはないが、零泉は異人の船が来たと嬉しそうにしていたのを覚えている。その翌年には行方をくらませてしまったので、良い印象は全くないが。やはりなにもかもの凶兆は異国絡みなのだ。

九我の案内で来たのは、華やかな国際貿易港とは打って変わった裏通りだった。虚ろな目で座り込む人間を避けながら、小さな建物の前で立ち止まる。九我が予め約束は取り付けてあったらしい。先導役に案内された薄暗い室内はやがて、地下へと続く階段に繋がっていた。大きな舞台を囲むように、客席が設けられている広い空間。「屋根のある芝居小屋だな」と紫蜂は呟く。しかし客はおらず、待っていたのは三人の男だった。その中で一番身なりのいい男が、こちらを見てにんまりと笑った。

「あなた達が掃除屋ですか？」

寝ている猫のように目が細く、終始にこやかな笑みを浮かべている線の細い青年だった。清国の黒い民族衣装を着ているので、日本人ではないのだろう。男の言葉に些かむっとして、紫蜂は眉を上げた。

「あんたは？」

「私は柳天藍、よろしく」

いきなり出てくるとは思わなかった。紅蝶と紫蜂は一瞬だけ目を合わせた後、彼女は堂々とした姿勢で口を開く。

「私は四乃森紅蝶。これは私の夫で紫蜂という。千秋家の鬼だ」

だが天藍は、わざとらしく首を傾げて見せた。

「四乃森？　千秋？　知らないですね」

「知らなくて結構だ。零泉を見たと聞いたが？」

「彼はうちのお得意様ですから」

「話を聞かせてもらえるだろうか」

慎重に尋ねると、天藍は笑みを浮かべたままで眉を顰める。

「情報は有料。あなた達があの化け物を倒せると聞いていますが、本当に大丈夫ですか？　寸光陰一寸金《ときはかねなり》。見たところ……生意気盛りの子供と――」

「なんだと？」

「粋がっている品のないごろつき」

「ああ!?」

揃って眉を吊り上げる。しかしなんの意にも介さないで天藍は続けた。

「日本という国は余程の人材不足なんですね。こんな下らない客を相手にしたくはないんですが……茶番は御免ですよ。それにしても夫婦？　嘘でしょう。精々が兄妹じゃないですか？　似てませんけど」

ぶつぶつと文句を言う天藍に、控えの男が耳打ちをする。

「由緒ある日本の鬼一族？　このごろつきが？　またまた嘘ばかり。嘘じゃない？　だとすれば日本の鬼など大したことないですね。その気になれば楽に勝てそうじゃないですか。柳一族の圧勝間違いなしー」

「あんた……表に出ろや。ここで勝負付けてやる」

「表？　ああ、表通りには屋台があるから、お腹が空いているのかな」

「止めておけ紫蜂、日本の常識は通じないぞ」

すぐに飛びかからんとする勢いの紫蜂を留めるが、また天藍はなにやら耳打ちをされている。

「吸血鬼退治専門の家系？　この子供が？　有名なんですか？　四乃森……保育施設かなにかですか？　華族の当主？　ええ……没落決定ー」

「ぶっ飛ばしてもいいか」

「止めておけ。なんの解決にもならん」

言いながらも、ぐるぐると唸る獣のように天藍を睨み付けつける。家名を侮辱されるのには人一倍敏感なのだ。しかしこちらを眺めて、天藍はひとつ手を打った。

「まあいいでしょう。つまりは二者択一。勝てば零泉の情報を、負ければ死ぬだけ。でも頑張ってくださいね。死体の始末は結構面倒なんですよ。大丈夫ですか？　勝てるんですか？」

「当たり前だ！」

*

「真了不起《すばらしい》！　うちと専属契約を結びませんか？　あなた方が試合に出れば、盛り上がるでしょう。報酬にも色を付けますよ」

紫蜂が大太刀に付いた血糊を大きく振って落とすと、やはりにこにこと微笑んだ天藍が客席から拍手をする。散々こき下ろしていた割には、調子のいいことだ。

「雇われ兵士じゃねえんだよ、おととい来やがれ！」

唾棄する勢いで吐き捨てると、天藍の隣で観戦していた九我がなにやら叫び出す。

「あっけないー！　もっとこう引きを作って欲しかったな！　読む人を楽しませるようなエンターテイメント性が欲しかったのに！　それともいつもこうなの!?　ふたりが羅刹鬼と戦うって、こんなあっさりなの!?」

「うるせえ、知らん」

納刀する紫蜂の前には、大きな羅刹鬼が首を落とされ横たわっていた。身長は紫蜂の二倍は軽くあるが、腕力だけの化け物だった。素早さで上回る紫蜂と紅蝶の敵ではない。

強いて言えば、一番初めに千秋家を襲った羅刹鬼に似てるだろうか。会話も出来ず、己が拘る事柄にひたすらしがみつくような。今まで相対してきた羅刹鬼の共通項はそこだ。紅蝶も気付いていたのだろう。銃を外套に仕舞いながら、じっと羅刹鬼の遺骸を見下ろしていた。

「紫蜂、ちょっと来てみろ」

不意に呼ばれて傍まで行くと、紅蝶は羅刹鬼を指した。

「これを見ろ。身体のあちこちに繋ぎ目がある」

「……本当だ。あれみたいだな、林の妹の」

木乃伊となっていた遺体にとても似ている。もし林の言うとおり、紅蝶の血を移して目覚めたのなら、その妹も羅刹鬼になっていたのだろうか。難しい顔で唸っている傍で、急に慌ただしく人が動き出す。どこからか現れた天藍の部下が、手際よく羅刹鬼の遺骸を回収し始めたのだ。天藍は手を打ちながら、彼らを急かす。

「一刻千金。さっさと片付けて積み込んで下さい。あれもこれも全部送り返しますよ」

「あの羅刹鬼はどこから連れてきたんだ」

紅蝶が毅然と尋ねると、目を細めて天藍は笑う。

「零泉から買い取ったんですよ」

「なんだと？」

「彼は上得意客だったのですが、少しやり過ぎました。我々も早々に手を引きたいところなんです」

「どういう意味だ」

紫蜂が無言で紅蝶の隣に立つと、天藍が細い指で顎を撫でる。

「彼が現れたのは一年程前でしょうか。とある国の情報を知りたいということでした。しかし情報は有料。交渉した結果、出世払いと言うことになりました。零泉が提供するのは羅刹鬼とも呼ばれる実験体。我々はそれを買い取り、見世物にして客から賭け金を回収する。そんな仕組みでした」

「実験体？」と紫蜂が問い返す。

「零泉が欲しがっていたのは、とある研究機関の報告書。我々は世界各国に伝手がありますので、入手はできます。つまり彼は情報と資金を手に入れたわけですね」

「情報ってのはなんだ？」

「死者蘇生です」

「はあ？」

さすがに紫蜂も声が裏返る。

「ある研究者が成功させたそうですよ。本当か嘘かわかりませんが……とにかくその詳細な内容を知りたがっていました。それと併せて、清国に伝わる妖怪の伝説にも興味を持っていましたね。『僵尸《キョウシ》』と呼ばれる、動く死体なのですが」

呆然とする紫蜂達を余所に、「とにかく」と天藍は続ける。

「零泉からは定期的に羅刹鬼の提供があったのです。まあ、そのうちの何匹かは我々の監視を抜け出して、方々で暴れ回ったりするみたいですが……そういうのはあなた達が片を付けるんでしょうね。ご苦労様です」

「じゃあなにか。虎丈も林も……京に出たやつも、みんな零泉が関わったってのか？」

「そこまではわかりませんが、可能性はあるでしょう。しかしここらが潮時。どんどんと手が付けられなくなる化け物ばかりを寄越してくるので、困っていたのですよ。商売にならない商品はいりません。取引は中止です。知りすぎた零泉に生きていられると困るのですよ」

さすがに紫蜂は怒りを滲ませて、天藍を睨み付ける。

「俺達に始末を押しつけようって腹か？」

「どちらにせよ、あなた達は零泉を放っておけないのでしょう？　羅刹鬼の遺骸と動向の報告は決まった日時に納品することになっています。素材、らしいですから。その馬車に乗っていけば、自動的に零泉の居場所まで辿り着けますよ。互相幇助《持ちつ持たれつ》。なんの問題がありますか？」

　そう言ってにこやかに微笑む天藍は、えも言われぬ凄みを感じさせた。さすがは裏社会を歩く一族の元締めだ。各家の当主のように、一筋縄ではいかないだろう。

　いいように利用するつもりかと気色ばんだが、それを紅蝶が制した。

「止めておけ。今ここで柳一族と争っても仕方ない。腹は立つが零泉の方が優先だ」

「今後とも良いお付き合いをしていきたいですね」

　調子の良い言い分に鼻を鳴らしていると、紅蝶が小さく呟く。

「それにしても死者蘇生に動く死体だと？　なんの為に……」

「なんとしても、生き返らせたい人がいるんでしょう」


「納品は明後日。来たいのならご自由に」そう言い残して天藍は立ち去った。

　さて四乃森邸に戻ってきたはいいが、出迎えたのは残月と色葉ばかりではなかった。

　応接間に姿を現したこちらを見るなり、いつもの可憐なワンピースのレースを揺らせて一華が駆け寄ってくる。途端に紫蜂の身体がぐったりと重くなった。

「……なんであんたがここに居るんだ」

「なにって護衛よ。会合に来てくれている御当主をひとりで帰すなんて不用心だわ。うちは礼儀を重んじる清須家ですからね、そういうのはちゃんとしてるの。紫蜂ちゃんと違って」

「おお、そうかそうか」

「で、どこに行ってきたのよ。余所の鬼の匂いがするわ」

くんくんと猫のように鼻を寄せられ、紅蝶は小さく笑う。

「鋭いな。横浜で調べ物だよ。土産でも買ってくればよかったな」

「横浜ということは……もしかして、あの猫みたいな柳家の？」

「知ってんのか？」

問うと、一華は不機嫌そうにふいっと余所を向いてしまう。

「仕事で何度か会ったくらいよ。あたし、あの人嫌いだわ。自分とこの利益しか考えてないもの。人情というものがないわ。仲良くしたくはないわね。柳一族とやり合うなら、清須家も参加するわよ」

「まあ……わからんでもないが」

まるで猫対猫だ。見物ではあるが、迂闊に顔を合わせれば血を見そうである。毛を逆立てる一華を想像していると、その本人からばんばんと背中を叩かれる。

「それよりも紫蜂ちゃん！　御当主……可愛いじゃないの！　あたしは好きよ」

「言葉に気をつけろや。うちの当主だぞ」

声を潜めるが、ソファに座ってなにかを飲んでいた残月はふんわりと微笑む。

「収穫はあったかい？」

「ああ……まあな」

零泉のことを言うべきかどうか、迷うところだ。化け物を作り出し、異国の吸血鬼に売りつける。それだけですでに一族の掟にいくつか引っかかる。聞いたことをそのまま話せば、自分の手を汚すことも厭わないだろう。実の兄に手を下すなど、して欲しくないのだ。そういう汚い役割は、自分が担えばいいのだから。それにまだ、零泉の真意を何ひとつ聞いていない。むしろなにも知らせず、零泉は一族を抜けたのだと伝えるのもひとつの手か。自分と紅蝶で片を付ければいい話なのだ。親に罪を背負わせたくはない。

もごもごと言葉を濁していると、一華は目敏く見つけてくる。

「なにか面倒事なの？　手を貸してあげましょうか。そうね、千代古齢糖《チヨコレイト》で手を打つわよ」

「いらん」

「ふうん……まあいいわ。紫蜂ちゃんはあたしに貸しがあるんだからね。それを返すまでは死んじゃ駄目よ」

「あんぱんだろ？　わかってるよ」

紫蜂は「帰れ帰れ」と応接間から一華を追い出す。清須家の客人を見送ったところで、紅蝶がそっと漏らした。

「……貸しか」

＊

妙に胸騒ぎがして眠れず、なにか温かいものでも飲もうかと紅蝶は起き出した。するとバルコニーに紫蜂が居ることに気付く。手すりに肘をつき、気怠そうに煙管をふかしているのだ。最近気付いたことだが、彼が煙管を弄んでいる時は、考え事をしている時なのだ。紫蜂の心情も穏やかではない、ということだ。紅蝶を少し考えて、自室に仕舞ってあった刻み煙草を持ち出した。バルコニーに出ると、その箱をずいっと差し出す。

「ほら、これをやる。手持ちがなくなる頃だろう」

こちらが声を掛けてようやく気付いたのか、紫蜂は「ん？」と片眉を上げた。

「もらってもいいのか。ってか、なんで煙草なんて持ってるんだよ。やっぱり商品なんだろ？　売り物に手え付けて悪かったな」

「いや。これも私が個人的に買ったものだ。その煙管も煙草も、父さまの誕生日にあげるはずだった」

瞬間、紫蜂の口から「ぶほ」と盛大に煙が吐き出される。

「……そんなもん、貰えねえよ」

「道具なんて使ってなんぼだ。仕舞い込んで埃を被るよりいい。太刀を持ち歩けない時も護身用になり、かつ異国の吸血鬼が嫌う銀製だ。役に立っただろう」

しばし考えてから「まあな」と返事がある。

「なら、有り難く貰っておくけどよ……なんで親父さんにあげなかったんだ」

「……渡すのを止めたんだ。自分の浅ましさに気付いてしまったからな」

「親に物を贈ってなにが浅ましいんだよ」

素直に疑問の目を向けられ、しばし押し黙る。この際だ、独りで溜め込んだものを聞いて貰おう。

「父がいた頃の四乃森は、私にとって平和で穏やかな普通の家族だった。母は早くに亡くなったし、兄弟もいない。頼れる肉親は父だけだった。この居場所だけは失いたくなかったんだ。四乃森の跡継ぎとして、父の娘として、確固たる居場所があった。逆に言えば、四乃森ではなく、父の娘ではない私に存在理由はないんだ」

「そんなことねえだろ」

「……私は怖かったんだ。この居場所がなくなることが。だから度々、父に贈り物をした。そうすれば父は娘として跡継ぎとして、私を可愛がってくれる。この居場所は安泰だ。でも、ある日気付いてしまった。そうやって物を贈ることで、なんとか自分の居場所を作り、繋ぎ止めようとしていた。相手が喜んでくれるとか、そんな気持ちじゃないんだ。打算的なものだ。姑息な子供だったんだ。自分にがっかりして渡せなくなった。注文したまま引き取りに行けなかったんだが、さすがに先方から催促されてな」

紫蜂は黙って聞いてくれた。譲り渡した煙管をじっと見ながら、手の中で弄んで。

「おまえがそうやって喜んで使ってくれるならよかった。本来、道具とは使うものだ。父に渡しておけばよかったと、後悔したよ」

手すりに寄りかかり、冷たい息を吐く。亡くしてから気付くとは、よく言ったものだ。もっと教えを請えばよかった。もっと話をすればよかった。子供らしく甘えればよかった。どれも今や叶わないのだ。

しばしこちらを見て、紫蜂は細く煙を吐き出した。

「自分の居場所ね……何処に居ても、今自分が立っている場所が居場所だろう。そんなに難しく考えなくても、無理矢理作らなくても、勝手にあるもんじゃねえのか」

「おまえはひとりでもどんな群れの中でも、どちらでも生きていられる性質だ。愛嬌もあって器用だからな。私みたいにいろいろと小賢しく振る舞わなくても、生きていけるんだ。羨ましいよ」

「それで……あんたの今の居場所は居心地はいいのか？」

「……わからん。四乃森の当主という役が回ってきて、ひとりで右往左往しているだけだ。虚勢だけで生きている。父という存在は大きかったんだ。その穴を埋めようと必死だよ」

気弱に漏らすと、紫蜂の大きな手が頭を撫でる。

「俺はあんたの父親にはなれねえが、あんたの居場所に俺は必要か？」

「…………」

居て欲しいと思う。でもそれは、父の代替えを欲しているからかもしれない。重圧のある責務を、誰かと担いで欲しいからかもしれない。その役が務まるのであれば、誰でもいいのだろうか。紫蜂でなければならない理由は何処なのか。

ぐるぐると考えて黙っていると、彼は吸い口を吸う。火皿の灰が赤く燃えて綺麗だった。

「あんたも存外、寂しがり屋だな」

「も？」

「……零泉もそうだ。ひとりになるのを嫌がる」

「残月殿には言わないつもりか？」

紫蜂の懸念を予想して尋ねると、数秒の沈黙がある。

「……親が手を汚すところなんて見たくないもんだ。ましてや血の繋がった兄貴だからな。今んとこ、零泉絡みの情報は仮定のもんだろ。実際に見たわけでも本人から話を聞いたわけでもねえ。他人からの一方的な情報だ。それをそのままお館様に話したら、すぐ飛び出すぞ」

「飛び出すか？　冷静なお人だと思うが」

「身内のケジメには滅法厳しい方だ。自分の手で片を付けたいと思うぜ。その気持ちもわからんでもないが、俺は黙っておきたい。全部終わってから話すつもりだ」

「子が手を汚すのも、残月殿はお嫌だろうよ」

「いいんだよ。そういう汚れ仕事は俺がやれば。そもそもは角狩衆だ。無法者を狩るのは俺の領分だからな。千秋家に居た頃もそうだった」

やはり真面目な気質なのだ。紫蜂は全てを背負い込もうとしている。たったひとりで。

「おまえは千秋家に帰ってもいいんだぞ。あの日助けた貸しは、もう返してもらったからな」

「なにを言うかと思えば……俺はあんたの血がないと生きていけないんだぜ。それを忘れるな」

「血などいくらでも送ってやる。零泉の元には私がひとりで行く」

「馬鹿言うな。零泉は千秋家の鬼だ。うちの問題はうちで片を付けるんだよ。当然のことだろう」

そう言って呆れた目を向けられる。

「羅刹鬼を狩るのは四乃森の領分だ。おまえは帰れ」

「この期に及んで、なんで俺を追い返そうとするんだよ。あんたひとりで行かすわけないだろうが」

「おまえは……零泉を恨む理由がないだろう。むしろ恩がある風だ。恩人に刀を向けるなど、したくないはずだ」

敢えて「足手まといだ」という言い方をするが、紫蜂は関せずに煙管を咥える。

「俺は俺の尻拭いをしたいだけだ。もしかしたら……俺が余計なことを言っちまったから、あいつは妙なことを考えたのかもしれねえ」

「余計なこと？」

「『家族が欲しいなら、作ればいい』。あいつを唆したのは俺かもしれねえんだわ。もしそうなら、自分の始末をつけたい。それにひとつ気になるんだよな。死者蘇生とか……もしかして、あんたの親父さんのことじゃねぇかなってな。遺体はあいつが持って行ったんだろう？」

「……そうだ」

「先代の四乃森当主と零泉は、どんな風だった？」

問われて、紅蝶は思い出す。

「家族も同然だった。戦友であり親友であり兄弟のようだった。恐らく、私が物心つく前から知り合いだったのだろう。どういう経緯で繋がったのかはわからないが、父が零泉を連れ帰ったのは『日比谷鮮紅事件《ひびやせんこうじけん》』の時だった」

「一番最初に羅刹鬼が現れたってやつか？」

「ああ。その場に居合わせたんだ。そして敵わなかった。大怪我をした零泉と共に帰ってきたのだから、屋敷は大騒ぎだったな。鬼を連れ帰るとは何事かと」

「そりゃそうだな」

「実は随分前から鬼狩りを手伝ってもらっていたそうだ。人間に危害は加えないと、重々説明されたよ。そこから零泉を家に置くようになった。まあ、ほとんどは書斎に籠もって羅刹鬼に対抗できる手段を探していたのだが」

「それで血誓を生み出したのか」

「そうだ。何分前例もなく、他人で実験するわけにもいかない。そんな猶予はないし、これが駄目なら打つ手なし。そういう状況だったんだ。結果としては上手くいった。いろいろと手探りだったが、羅刹鬼に対抗できる術を身につけた」

紫蜂は返事の代わりに、細く煙を吐き出した。

「……零泉は私にもよくしてくれたよ。父さまに内緒で菓子を買ってきては、よく一緒に食べたものだ。人を襲わない鬼もいるのだと、その頃にはなにも疑わなかった。私の修行にも付き合ってくれた。いつも穏やかで頼れる兄のようだった。すっかり家族だったよ」

「……そうか」

「その零泉が、父を蘇生させようとしているのなら、腑に落ちない。一度殺した父さまを、何故生き返らせようと言うのか。父に対する冒瀆ではないか」

「そこがわからんな。まあ俺の予想が当たっているとも限らねえ。そんな途方もない企みじゃないことを祈ろうぜ」

この男は最後まで付き合うつもりなのだ。逃げられない状況の中で、罠に掛けたように仕組んだ契約なのに。だが心根は千秋家の鬼なのだ。彼の物言いはあくまで、千秋家の代表としての立場だ。四乃森ではない。静かな京へ本当は帰りたいのだ。当然である。なにが楽しくて異国嫌いを公言している紫蜂が、四乃森や帝都に留まりたいだろうか。

零泉の件が済めば、彼を自由にしてやろう。この先の道はひとりで歩けばいいのだから。

*

その日は雨だった。

あれから二日、指定された夕刻に天藍の元へ行くと、屋根のある馬車に荷物を積み込んでいる。紫蜂はそれを見て、思わず眉根を寄せた。大きな木箱がいくつか。送り返すと言っていた羅刹鬼の遺骸だろうか。

そして気になるのがもうひとつ。御者をしている一見すると大柄な人物。よく見れば、手首に繋ぎ目があり、口すらも縫い合わせてある。どこか虚ろな目をした御者からは情報は得られそうにない。

天藍が言うには、いつも定刻になるとこの馬車がやってきて、荷物を積んだらどこかへ走って行くのだそうだ。やはり猫のように細めた目で、天藍は言う。

「部下に追わせたことはあるのですが、誰も帰ってきませんでした。羅刹鬼を作る技術があれば我々にも利があると思ったのですが……難しそうですね。できれば情報だけは持ち帰ってくれませんか。高く買いますよ」

ぬけぬけと言うので、露骨に顔を顰めて無視を決め込むことにする。

紅蝶と荷台に乗り込むと、やおら馬車は走り出す。荷物が多少増えたところで気にしないということだろう。気配を殺したまま三時間は揺られた頃、馬車は停まった。

御者は紫蜂達のことなど目に入らない様子で、自動人形のように音も無く黙々と荷物を運び出している。隙を見て荷台から抜け出すと、到着した場所を素早く見回した。雨に濡れた木造の大きな日本家屋。所々が苔むしていて、人の手が入っている様子はない。

「寂れた屋敷だな」

「こっちから入れるぞ」

紅蝶が指したのはどう見ても玄関だ。戸の脇には『診療所』の看板が掲げてある。これも朽ちてほとんど読めないが、廃病院なのだろう。紅蝶はそのまま正面から入ろうとするので、思わず苦笑を噛み殺す。

「こそこそしてても仕方ないいな。騙し討ちにきたわけでもねぇ」

しかし得体は知れないのだ。慎重に戸を開けて中に踏み込む。所々にある燭台には火が付いている。誰かが居るのは間違いないだろう。廊下を抜けた奥座敷が一際明るい。紅蝶と目を合わせて戸を引くと、開け放った障子の向こうを眺めて佇む、零泉の姿があった。ひやりとしたものが紫蜂の背中を通り抜けていく。

しとしとと音も無く降る雨を見つめて、ただ立ち尽くしていたのだ。死んでいるようにも生きているようにも見えない。どうにも薄弱な印象だ。紫蜂が太刀の柄を確認しながら、声を掛けようとした。しかしそれよりも早く、長い白髪を揺らせて零泉が振り返る。

「雪になると思いますか？」

出し抜けな質問にさすがに面食らった。いつでも抜刀できる姿勢のまま、紫蜂は目を細めた。

「俺は寒いのは嫌いだな。死んだ日を思い出すからよ」

「私は雪が好きですよ。あなたと会った日も、蛍斗と会った日も雪でしたから」

蛍斗というのは確か紅蝶の父親の名前だ。ちらりと隣の紅蝶を見やると、彼女の目はぎらぎらと怒りに燃えている。

「貴様……いろいろと白状してもらうぞ。何故父を殺した」

「会わせたい人が居るんです。きっと紅蝶も喜びますよ」

紅蝶の質問に答えずにそれだけ言うと、零泉は歩き出す。紅蝶はなにか言いたそうだったが、視線で制して零泉の後を付いていくことにする。

屋敷内は異様だった。通りがかった部屋を何気なく覗いてみると、様々な薬品、医療器具が散乱している。それだけならまだしも、明らかになにかの作業途中だった人型の物体が並べられていたのだ。綺麗に切り離した身体の各部位であったり、剝製であったり、干からびたなにかであったり。おおよそ獣か人間か虫か、もしくは鬼の類いだろう。この屋敷に共にやってきた御者が、今も気配無く荷物を運び続けているのでそれらも素材となるのか。

ふと、虎丈のことを思い出す。そう言えば、狼と鬼を無理矢理繫ぎ合わせたような形をしていた。最初に千秋家を襲った羅刹鬼はどうだろうか。どこか虫のようではなかったか。

生き物を使ってなにかを試している、そんな様子を在り在りと感じたのだ。とにかく常人の思考ではない。零泉の口から確定的な言葉が出れば、この太刀を抜かなければいけないのだ。果たしてできるだろうか。そういう懸念が浮かんでは消える。

目の前にいるのは恩人だ。あの雪の日に、再び生きる道を与えてくれた。百年近くも共に居た、懐かしくも輝かしい思い出がまざまざと蘇る。

しかし目の前に居るのは一族の掟を破った無法者だ。紅蝶の証言が事実ならば、契約を結んだ人間を襲い殺した。千秋の鬼として処断しなければならない。

迷いの中に居るまま、零泉は歩き続ける。その歩みはやがて屋敷の離れへ辿り着いた。

窓を塞ぎ、日の光が届かない土壁に囲まれた牢獄のような家屋だった。ぽつんと置かれた寝台の周りにだけ無数の無尽灯《むじんとう》が置かれており、煌々と辺りを照らしている。

零泉は儚げな微笑みを浮かべながら、紅蝶を手招きするのだ。

「こちらにおいでなさい。ほら、あなたの会いたい人がここに居ますよ」

紅蝶を振り返ると、その表情が強張っている。だが意を決したように、寝台へ歩み寄った。瞬間、喉の奥でひゅっと息をした。いつもは快活な目を見開き、薄布を掛けられ寝台に寝ている人物を凝視している。

ゆるゆるとそれに倣い、紫蜂も傍らへ近寄る。年若い男性だった。赤みがかった髪の色は、どこか紅蝶に似ているか。目を開けばよくわかるだろうが、生憎と彼の顔は安らかな寝顔のようだった。今にも起き出しそうなほど、生々しい。

「……四乃森蛍斗か？」

尋ねると、零泉は嬉しそうに頷く。

「そう、紅蝶の父親ですよ。どうです、眠っているようでしょう？　私は彼を生き返らせたいんです。ただそれだけなんですよ」

「おまえの都合で殺しておいて生き返らせたいとは、どういう了見だ」

怒り心頭といった様子で、低く紅蝶が口を開く。

「今しばらく見守ってください。もう少しで目を覚ますんです。昔のようにまた、皆で仲良く暮らせますよ」

万が一の可能性を信じたのだろうか。そこに縋ってみたい本心が欠片でもあったのかもしれない。声を失い、一瞬だけ紅蝶の動きが止まった。直後、音も無く忍び寄っていた御者が襲いかかってきた。背後から抱きすくめるように紅蝶を拘束し、間もなく石のように固まったのだ。一瞬だった。

それを見たと同時に紫蜂が動く。今は紅蝶の拘束を解くよりも零泉の挙動を止めることが先決、そう判断したのだ。しかし柄に掛けていた手が動くよりも早く、零泉は懐から短刀を引き抜いた。ただの鬼の速さではない。零泉が構えたそれは紫蜂の胸を刺し貫き、背後の壁へと縫い付けたのだ。更に短刀をぐるりと半回転させる。

「がは……っ」

腹の底から込み上げてきた血を吐いて、刺さった短刀を抜こうとした。しかし柄を握った手が炎を上げて燃えたのだ。熱した鉄を素手で触ったように。反射的に手を引いた。よく見てみると、柄と刃に見知った細工がしてある。

「赫刀か……！」

「鬼狩りの刀は血誓組にも有効なんですよ」

そう言う零泉の手も、焼け焦げたように白煙が上がっている。しかしそんなことは些事とばかりに、彼は笑うのだ。その目の白目と黒目が反転する。

「あんた……その姿。羅刹鬼じゃないか……！」

「私はあなたが嫌いでしたよ」

「……………！」

愕然と目を見開く。何故、羅刹鬼を狩る側だった鬼が羅刹鬼へと変貌したのか。紫蜂の知らないところで、一体なにがあったのか。挙げ句の告白だ。呆然と零泉を見やるが、その焦点が定まらない。

「しっかりしろ、紫蜂！」

叱咤する声が響く。紫蜂の怪我の痛みは共有しているはずだ。それでも奥歯を食いしばり、なんとか拘束から抜け出そうと紅蝶がもがいているのだ。しかし零泉は涼やかな笑顔のまま告げるのだ。

「いくら血誓組とはいえ、力では敵いませんよ。そのように調整したのですから。やっと……やっと素材が揃いました。少し待って下さいね、蛍斗」

言うなり彼は行動を開始した。

蛍斗に掛けられていた薄布を取ると、その下から現れた身体に紫蜂も紅蝶も息を呑んだ。焼けただれた肌を貼り合わせ、手足を繋ぎ合わせ、ようやく人の形を保っている。安らかなのは顔だけだ。これが動き出すのなら、化け物と呼んで差し支えない。

しかし動けない紫蜂と紅蝶の前で、零泉は嬉々として準備を進める。外科手術で使う道具を運び、林の塒で見た器具を大事そうに持ち出す。

「馬鹿はやめろよ。死んだ人間は生き返らないんだ」

血の味がする口から言葉を吐き出すと、零泉は冷めた目を向けてきた。初めて見る、軽蔑と嫌悪が交ざったような冷ややかな目だった。

「あなたにはわからないでしょうね。ずっと弟と比べられ……いくら努力をしても何ひとつ敵わなかった私の苦痛など。あなたも残月と同じですよ。『やればできる』んですから」

「そんなわけねえだろ。俺だって千秋家に来た当初はなにもできなかっただろうが」

「教えればできるようになったでしょう。そう……最初の頃はよかった。私の少し後ろをついてくるあなたを可愛がっていましたよ。だが……そのうちに私は置いて行かれる側になりました。剣術も武術も人心も、全てがあなたの方を向いていた。持って生まれた才能というのは残酷ですよ。千秋という家の中で、私は常に孤独でした」

遠くから自分を眺めるように、零泉は淡々と語る。

「耐えられなかった。徐々に自分のなにもかもが衰えているのがわかって……恐ろしくなったんです。しかしそれに気付いて寄り添ってくれる存在はない。私は残月の子ではない。『子』ではない家族など、千秋では異端なんです。だから自分だけの家族が欲しかった」

「家族……」

ぽつりと紅蝶が呟く。

「ある雪の日、蛍斗と出会いました。鬼を追って、いつかのあなたのように怪我をして……。助けてあげました。四乃森とは言え、彼は不思議な人でしたよ。すっかり仲良くなりました。彼の隣が、ようやく見つけた私の居場所になったんです。家族を得たと思いましたよ。腕白なあなたと遊ぶのも楽しかったんです」

穏やかに微笑む顔を見て、紅蝶は目を吊り上げた。

「ふざけるな！　なにが家族だ白々しい！　それを壊したのはおまえだろう！」

「……あなたはなにも知らなかったのですよ。蛍斗が黙っていたのだから無理もありませんが……彼は肺の病を患っていたんですよ」

「肺……労咳《ろうがい》か」

紫蜂が漏らすと、はっとして紅蝶が顔を上げる。最近は結核とも呼ばれる、不治の病だ。その昔も紫蜂の周囲の人間が命を落としている。

「そんなはずは……主治医はなにも言っていなかった」

「伏せていたんですよ。あなたには徹底的に。弱っていく姿を見せたくなかったんです。いくら血誓組とはいえ、病はどんどん進行していきました。日に日に弱る身体と目に見えて迫る寿命。蛍斗は怯えていました。いつ死ぬかもわからない恐怖に、蝕まれていたんです」

「嘘だ！」

「ある日、私に言いました。『鬼にしてくれ』と」

「嘘だ……！」

叫ぶ紅蝶を哀れそうに見つめて、零泉は静かに首を振った。

「一か八かの賭けでした。私に果たして『親』の資格があるかどうか……血の洗礼とはお互いの血を交換する行為。血誓の儀式にとても似ているのです。上手くいくと思いました。しかし――」

零泉は寝かされている蛍斗の髪をそっと撫でる。

「彼は目覚めませんでした。私の血では駄目だったんです。結果、蛍斗は中途半端なな り損ないに。理性を失い血を求める化け物なった彼は、屋敷中の人間を殺しました。や むを得ず……彼に止めを刺したのは私です。私が彼を殺したんです。あんな化け物に成 り下がった彼を見ていられなかったから」

「…………」

「彼が『鬼になりたい』と言った時、私は嬉しかった。同じ時間をずっと生きていられ ると思ったから。ようやく見つけた私の居場所……本当の家族になれるはずだったのに。 しかしいくら彼の血を吸っても、自分の血を与えても、それは叶わなかった。でも…… 私は諦められなかったんですよ。だから彼を生き返らせ、もう一度洗礼を行えばいいと 思った。もっと確実で、失敗のない素材を使って」

言って零泉は注射器を取り出し、紫蜂に視線を向けた。舌打ちをして、自分を縫い止 めている短刀を握る。びくとも動かないそれは、じりじりと刺した傷口を焦がし続けて いた。焼け付く痛みに耐えながら、じろりと零泉を睨み付ける。

「なにをどう頑張っても、あんたは取り返しのつかないことをしたんだ。親以外の洗礼で血族を増やせるはずがねえだろう」

「そう、親以外の血では駄目なんです。いくつも実験をしてみましたよ。柳天藍から買った資料を参考に、自分の血で鬼を作ってみました。しかしどれも理性のない眷属ばかり……。だから千秋家で最も残月の血が濃い紫蜂……あなたの血を使おうと決めたんです」

「なんだと……？」

「蛍斗と同じ元人間で、親である残月の血を濃く継いでいる紫蜂。あなたは絶対に帝都に来ると思いました。紅蝶に助けられたあなたは、恩を返そうと四乃森の提案を呑むでしょう。紅蝶の血誓の相手として」

そう言って注射器で紫蜂の首元を刺そうとする。抵抗して払いのけようとするが、その手を赫刀の細工がある杭で打ち付けられた。

「があ……！」

目を見開いて焼けただれていく痛みに声を漏らす。紅蝶が名前を叫んでいるが、もうあまり耳に入らなかった。零泉は身動きの取れない紫蜂から血を抜き取ると、それを蛍斗に注入する。

「蛍斗を鬼にするために、最早手段は選んでいられないのですよ」

　そして零泉は蛍斗から血を抜くと、今度はそれを紫蜂の首筋に突き立てて流し入れる。途端に焼け付くような痛みが全身を走った。紅蝶以外の血を飲んだような、ひりつく痛みだ。

「あの国と清国の技術と残月の血の洗礼。これで目を覚ますはず……そうでしょう」

　呆然とする紅蝶と、痛みに耐えて血を吐く紫蜂の目の前で異変は起こった。

　蛍斗がゆっくりと目を開いたのだ。それを見て、零泉は目を歓喜の色に染めた。白と黒が反転した羅刹鬼の目を。

「蛍斗……」

　呼びかけると蛍斗は反応した。口を動かして喋ったのだ。

「死にたくない死にたくない死にたくない死にたくない死にたくない死にたくない死にたくない死にたくない死にたくない死にたくない死にたくない死にたくない死にたくない死にたくない」

「蛍斗……？」

　名を呼んだ直後、再び異変が起こる。蛍斗の目が反転したのだ。白目が黒に、瞳孔が白く。羅刹鬼の目だった。立ち尽くす零泉の首元に、迷いも無く食らい付く。零泉はそれを避けなかった。抱きしめるように受け入れ、されるがままにするのだ。

「……あなたが生きたいと言うのなら、もうそれでいいんです。受け入れましょう、家族ですからね。それとももっと血が必要ですか？　やはり紅蝶の血を入れましょう。そうすればあなたは元通りになるはずだから。あぁ……あの時、浩宇が紅蝶の血を持ち帰っていれば……」

飢えた化け物に血を吸い尽くされる様を見て、紫蜂は「くそったれ」と吐き捨てた。妄執は鬼を羅刹鬼に変える。家族や居場所が欲しいという渇望も、生きたいという執念も。

「いつもいつも……あんたはすぐに異国のものにしか目をやらねえ。だから海の向こうのものは嫌いなんだよ。面倒ばっかり起こすからな！　もっと自分の近くを見ろってんだ！」

吠えて紫蜂は強引に動き出す。身が引き千切れても構わないとばかりに、穿たれた手を引き剝がした。そして穴の開いた両手で、胸に刺さった短刀を抜き放ったのだ。燃えて焼けただれた手で大太刀を抜き放つと、大きく振り上げて叩き付ける。

直後、紅蝶を拘束していた御者の固まりが派手に砕け散った。彼女は即座に外套から銃を取り出し、構えた。照準は蛍斗だった。

「紅蝶……」

「……あれはもう父ではない。私が狩るべき鬼だ」

紫蜂は返事を躊躇《ためら》った。紅蝶の顔面は蒼白で、小さく震えていたからだ。

「私はもう……ひとりで歩かねばならない。誰も頼らず四乃森を背負って」

「俺も頼れよ」

口元から流れる血を拭って呟いた後、切っ先を零泉に向けた。

「……もう擁護できねえ。千秋の鬼として……四乃森としてあんたを斬る」

「紫蜂……」

紅蝶が驚いた声を上げた気がした。それを背中に受けて紫蜂は、水平に構えた太刀で平刺突を繰り出す。零泉は避けなかった。血を奪われてその余力がなかったのだ。

だから紫蜂は、かつての恩人をこの手で貫いたのだった。胸と手のひらから血が溢れて止まらない。それでも胸を貫いた太刀を抜き、返す刀で零泉の首を断ち切った。

静かに転がる首と目が合い、ぼそりと零した。

「……それでも俺は、あんたが好きだったよ」

さすがに力尽きて、その場にがっくりと膝をつく。しかし羅刹鬼は他にも居るのだ。

動く物は全て標的とばかりに、蛍斗の顔をした鬼が迫り来る。鉛のように重たい腕を上げて、なんとか防ごうとした。しかしそれよりも早く、銃声が響いた。その一瞬の後に蛍斗が動きを止めて立ち尽くす。その口元が動いて「死にたくない」と形作った後、その身体が四散した。ゆっくりと倒れ臥す蛍斗を見つめて、紅蝶は泣いていた。

どういう形であれ、親殺しという罪を背負ったのだ。その衝撃は計り知れない。そしてまた、紫蜂も育ての親とも言える人物を殺した。同じなのだ。

動かなくなった蛍斗を見やって、その言葉を思い出す。

「あんたも不憫だ。ただ……生きたかっただけなのにな」

蛍斗の血がほんの僅かだけ入ったからなのか、その渇望が痛いほど理解できる。命の終わりを予感して、怯えるしかない日々。気が狂いそうになるほどの絶望と恐怖。そこから抜け出せるのなら、藁にでも縋り鬼にだってなろうと決めた。一歩間違えれば自分もこうなっていただろう。誰が責められるだろうか。

さすがに床に腰を下ろして荒い息を吐く。血は止めどなく流れていくのだ。いくら鬼の……血誓組の治癒力があっても追いつかない。それを認めて、溢れた涙を拭おうともしない紅蝶に声を投げた。

「ここにある物は全部燃やせ。母屋も離れも全部だ。何ひとつも資料を残すんじゃねえぞ。誰かに知られたら厄介だからな。あの清国の野郎には特にだ」

「おまえは……どうする気だ」

「俺はちょいと無理そうだ。立ち上がれねえし、このまま放っておいていい。あんたは家に帰りな」

「……そんなわけにいくか」

紅蝶はようやく我を取り戻すと、慌てて周囲を見回した。零泉が用意していたのだろう。やがて両手いっぱいに薬品と巻いた木綿の布を抱えて戻ってくる。必死に止血を試みる様子を見ながら、思わず紫蜂は苦笑した。

「あの時と同じだな。十年前、あんたと最初に出会った時と」

「おまえは……いつもいつも怪我ばかりする。本当にあの時と――」

言いかけて紅蝶ははっと顔を上げた。

「私の血を吸え。それでいくらか回復するはずだ」

「子供は狩らないって言ってんだろ」

「この期に及んでなにを言う。私はおまえの血誓の相手で妻だぞ」

「……次はもっと別の……まともなやつと契約しろよ、いいな」

「ふざけるな！　他の鬼など嫌に決まってるだろう！　おまえじゃなきゃ駄目なんだ！　おまえに居て欲しいんだ……！」

あまりにも大きな声で叫ぶので、さすがに目を見開いた。

「……そんなに叫ぶなよ、頭に響くわ。有り難いけどな……あんたと居るのも悪くなかったぜ」

「なにを簡単に諦めているんだ。おまえの生きる意味はどうした？　命の価値は？　なにがなんでも生きようと鬼になる道を選んだんだろう⁉」

紅蝶の言葉が脳裏を巡る。生きる意味は……きっと零泉の後始末をすることだったのだろう。命の価値はきっと彼と同等。このまま死ねば、紅蝶はひとりであの広い屋敷に帰ることになる。あの家に自分は必要だろうか。

死にたくはない。しかしあの雪の日のような焦燥感はなかった。必死になにかに縋るほどの切羽詰まった切望がない。その代わりに、ひとつのことを成し遂げた満足感があるのだ。これは一体なんなんだろう。

押し黙った紫蜂に痺れを切らして、紅蝶に強引に頭を抱えられた。そして、涙を流したまま口に喉元を押しつけるのだ。身体がどんどん冷たくなっていく。

「四の五の言わずに血を吸え。やらないならこの場で手首を切って、無理にでも飲ませるからな！」

「そりゃおっかねえな……」

消え入るように呟いて、ゆっくりと目を閉じた。

あの広い屋敷でひとりぼっちになったなら、きっと紅蝶は泣くだろうな。そう思いながら。

終章

青い空を見上げて、紅蝶は大きく息を吸い込んだ。雲ひとつない冬の空だった。今日ばかりは少し風も暖かく、遠出するには絶好の日和だろう。

四乃森家の玄関を出たところで、手荷物を抱えた残月が深々と頭を下げる。

「長居をして申し訳なかったね。思ったよりも清須家との会合が長引いてしまった」

「いつでもいらして下さい。帝都の別荘だと思って」

ゆるゆると顔を上げた残月は、こちらの姿を見て悲哀の目を細める。

「しばらくは喪に服すのかい？」

黒小袖とは珍しいと、残月が漏らす。喪服は白との認識だったが、洋風化の波はここまで来ているらしい。目を丸くする残月に、紅蝶は控えめに笑った。

「身内を亡くすというの何度あっても慣れないものです。でもようやく踏ん切りが付きました。いつまでも父に頼り切ってはいけないのです。私はこれからひとりで、この家を守っていきます」

「……そう。協力できることがあれば、遠慮なく言っておくれ。千秋家はいつでも、あなたの味方だよ」

「ありがとうございます、残月殿」

寂しげに目を伏せて、深く頭を下げた。そう、今はひとりなのだ。

言葉少なな紅蝶を慮って、残月は憂いの表情を浮かべる。

「辛い役を押し付けてしまってすまなかったね」

「いえ。私は私の義務を全うしたまで。羅刹鬼を狩るのは私の仕事ですから。残月殿には事後報告になってしまったこと、申し訳なく思っております」

「いいんだよ。それがあなたと紫蜂の決めたことなのだから」

「……はい」

「僕も京に戻ったら、うちの者にも言わなければならないな。……旅路の果てに寿命で死んだのだと伝えようと思う。墓も建ててやらねばなるまい。あなたが零泉の髪を持ち帰ってくれてよかった。これで僕も思い残すことはないよ。紫蜂のことを除いてはね」

「紫蜂は……」

言葉を詰まらせる。思えば紫蜂と共に暮らしたのは数ヶ月だけだ。騒がしくも楽しい毎日だった。まるで本当に家族ができたような、温かい家だったのだ。

屋敷を振り返って、小さく息を吐く。今やすっかり部屋が冷えてしまった。どたどたと大きな音を立てて歩く、大きな体軀の鬼は今はいない。それが殊更寂しいのだと、まざまざと思い知らされた。

その時、大通りから馬車が一台やってくる。それを見て、残月は寂しそうに目を細めた。

「迎えの馬車が来たようだね。さて、京までの旅は長いよ。駅で弁当でも買って、汽車に乗ろう」

わざわざ明るい声で告げるのは、気を利かせてのことなのだ。その気遣いに小さく頭を下げていると、馬車の中から人が降りてくる。

今日も華やかなワンピースに編み上げブーツの一華だった。

「御当主様ー、お迎えに来ましたよ。駅までの護衛は任せてね」

「すまないね、一華殿。清須家にはすっかり世話になってしまったよ」

「いいのよ。千秋家と清須家は今しばらく同盟を結んだのですからね。だから御当主も遠慮なく清須家に遊びにきてくださいな。酒好きのうちのお館様が、いつでも名酒を用意して待っているわ」

「それは有り難い。是非伺おう」

「それで……紫蜂ちゃんのことなんだけど……」

声のトーンを落として、一華がぼそりと呟く。

「まったくあの子……あたしの貸しをたくさん残したままよ。借り逃げよ！　腹立たしいったら！　地獄まで追いかけて取り立ててやらなきゃいけないわ！」

「一華にも感謝している。わざわざ私達を追いかけてくれたんだからな。私ひとりでは、あの後の処理はどうにもできなかったから」

言うと一華は、満足そうに胸を張った。

「あの猫みたいな柳天藍に言ってやったのよ。敵の根城の大方の場所は知っているはずなんだから、教えなさいってね。さもなくば、帝国陸軍総出で闇商売の全部を潰してやるわって！」

「困っていたか？」

「どうかしらね。新しい伝手ができると喜んでいたわよ。ああいうタイプは懲りないのよね。直ぐにも新しい商売を始めるクチだわ。それにしても紫蜂ちゃん……惜しいことをしたわ」

「紫蜂は幸せだったと思うよ。紅蝶殿や一華殿と居た方がずっと生き生きしていた。これでよかったんだよ」

「そうだといいが……まだいなくなるには早いのに」

それぞれが思いを馳せていた頃、馬車の中からゆらりと立ち上がる人影があった。足を引き摺るように出てきたそれは、露骨に顔を顰めて一同を見回して叫んだ。

「俺が死んだみたいな言い方をするな！　まだ生きてる！」

顔中に怒りの色を滲ませていたのは、当の紫蜂だった。身体のあちこちに包帯を巻き、よろよろ怪我を抱えながら馬車を降りる。そして旅支度の残月を眺めて、半眼になった。

「……なんで俺のいない間に帰ろうとするんだよ」

「だって、おまえは重傷患者なのだからね。しばらくは面会謝絶なんだろう？　まだまだ入院だったはずだろうに……どうして帰ってきたんだい？」

「抜け出してきたわ、あんなとこ！　飯は不味い洋食だしルベンは女を連れ込むし、四乃森家に帰った方がなんぼかマシだぜ！」

ルベンの診療所での入院生活は、よほど退屈で居心地が悪かったらしい。

「もう紫蜂ちゃんが五月蝿いのよ。お見舞いのついでに御当主を迎えに馬車で行くって言ったら、俺も乗せろ！　って。四乃森に帰るんだって暴れて大変だったんだから。また貸しひとつよ！　取り立ててやるわ！」

紅蝶はなんとなく、良い意味で肩すかしを食らった気分だった。

「そうなのか？　しばらくはひとりだと思っていたが……そんなに寂しかったか？」

「寂しかったのはあんただろうが。あんな広い食堂でぽつんと飯を食うなんて寒いったらないぜ。頭数が増えた方がいくらかいいだろうと思ってだな」

「……ありがとう」

目を細めて小さく笑う顔を見て、紫蜂は頭をぼりぼりと掻く。

そのふたりの様子を微笑ましく眺め、残月は申し出てみる。

「どうする、紫蜂。おまえの心残りは片付いたんだ。一緒に千秋家へ帰るかい？」

「……いや、いい。俺の家はここだからよ」

「そうかい。ま、近況でも送っておくれ。気が向いた時にでもね」

「さ、行きますよ御当主！　それはそうと……今度あたしが選んだ服、着てみませんか？　絶対に似合うわ！　絶対よ！」

「楽しそうだね。いいとも」

きゃっきゃと一華の歓声と共に、馬車の扉が閉まる。走り出すそれを見送って、紫蜂は呆然と呟いた。

「……本気か、お館様……すっかり遊ばれてるじゃねえか」

「満更でもないご様子だったぞ。元来、ノリの良い方なのだな」

「まあな。祭りは率先して踊る質だわな」

まだ軋む身体押さえて「いてて」と漏らす。

「まだ寝ていろ。いくら血誓組の回復力でも、身体のあちこちに穴が開いたんだ。しっかり治してくれ」

「おうよ、わかってるさ。さて自分の部屋に戻るかね」

そう言って、紫蜂が迷いもなく玄関へと向かう。その背中を眺めて、知らずに笑みが零れた。この男は確かに言ったのだ。四乃森が自分の帰る家だと。自分は四乃森の一員だと。それは延《ひ》いては家族である、という意味なのではないか。それが嬉しかったのだ。

紫蜂はそのまま二階へ上がり、自室の寝台に倒れ込んだ。いくらか治ってきたとはいえ、油断すればまた傷口が開いてしまう。穿たれた傷口は漏れなく焼けただれているのだ。完治には時間がかかると、ルベンの見立てだ。だが歩けなくもない。

「それ、喪服か？」

こちらを見て紫蜂が眉根を寄せる。

「ああ。大々的な葬儀はできないが、父さまのこと……私だけでも喪に服そうと思って。けじめだ、私なりのな」

「そうか」と呟いて、紫蜂は寝台にごろりと寝転がる。

「さて、参ったな」

顔に暇だと書いてあるので、紅蝶は傍らの椅子に座った。

「なにか持ってきてやろうか」

緑茶か羊羹か大福か。なにか気を紛らわすような甘い菓子を思い浮かべていると、紫蜂の目がじっとこちらを見ている。厳密には、紅蝶の首筋をだ。

「ああ……」

紅蝶は右手で自分の首筋を撫でた。そこにまだ、ふたつの穴が開いている。紫蜂が紅蝶の血を吸った痕だ。いくらか薄くなったが、傷としてそこに残っているのだ。

あの時、彼は最後の力を振り絞って紅蝶の首に噛みついた。喉を鳴らして、紅蝶の血を吸ったのだ。痛いのは一瞬だけだった。後はふわふわと夢現《ゆめうつつ》の気分だった。吸い尽くされてもいいと思った。

しかし紫蜂は、伊達に長生きではない。失血死しないギリギリのラインで吸血を止めたのだ。このまま共に死んでもよかったと、心の片隅で思ったものだが。

だが紫蜂は首筋の痕を眺めては「すまなかったな」と謝る。今もそうだ。申し訳なさそうな顔をして、小さく目を伏せる。

「気に病むなと言っている。私だって肉も魚も食べる。おまえが血を吸うのとなんの変わりがあろうか」

それには答えず、仰向けに寝転がった紫蜂はぽつりぽつりと呟く。

「……俺はあんたが生き残ったことに、満足してたんだ」

「紫蜂？」

「やっと誰かを助けられた。それだけでいいと思ったんだ。俺の命の価値があった」

「……だから死ぬつもりだったのか」

「でもよ……頭ん中でずーっと今までの色んな出来事がぐるぐる巡るわけだ。俺がいなくなったら、この広い家でひとりになって……あんたは四乃森の看板を背負って行かなきゃならねえ。裏宮家からくる依頼に孤軍奮闘だ。あんた泣くだろうなって」

「泣くものか！　私はもうひとりで立って歩ける。父さまのことは、越えねばならぬ試練だったのだろう。もう吹っ切った」

「俺を頼れって言ってんだろう」

気丈に胸を反らしていると、ふっと紫蜂が目を細めるのだ。優しさと慈愛と大人の余裕を持った色気のある目で。

どきりと僅かに身を引くと、不意に紫蜂が手を伸ばす。大きな手で紅蝶の手を捕まえると、寝台の上へ引っ張り込むのだ。

「わ……ちょ……なにをする！」

いつの間にか組み敷かれて、顔を上から覗き込まれる。途端に頭に血が上り、汗が噴き出そうなほど真っ赤になってしまった。

「あんたは俺がいいんだろう？　俺じゃなきゃ駄目なんだろ？　そう言ったよな」

「言った……ような、言ってないような……？」

「本当の夫婦になりたいって事か？　上っ面の体裁だけじゃなく」

「…………」

「黙ってちゃわかんねえって」

「うん？」と目を覗き込まれてしまう。

最早、紅蝶の脳内はパニックだ。本当の夫婦？　それはつまり……そういうことだろうか？　紫蜂と今？　湯気が出そうなほど一瞬で悩んだ挙げ句、出した答えはこれだった。

「そ、そのうちだ！　いずれ！　いつかの日に！　今じゃなくてもいいから！」

「……なら、もうちょっと育ってくれな。まだ手を出す気にはならねえんだわ」

瞬間、両手で紫蜂の頬を両側から目一杯の力で叩く。バシンと派手な音が響いてから、紅蝶は紫蜂の顔に指を突き付けた。

「見ていろよ！　おまえが口説かずには居られないような、絶世の美女になってやるんだからな！　後悔するなよ！」

「そりゃ楽しみだぜ」

くくくと喉の奥で笑ってから、起き上がって置いてあった煙管を手に取る。丸めた煙草を火皿に押し込んで、すっかり慣れた手つきでマッチを擦った。殊更細く煙を吐き出して、尚も顔を真っ赤にしている紅蝶を眺めている。

「俺も俺だけの家族が欲しかったのかもな。零泉がそうだと思っていたが、恨まれていただけだ。千秋家に帰ればたくさんの鬼がいるが、俺がいなくてもやっていけるだろうよ。でもあんたなら……無二の家族になれるかもしれねえ。それも悪くねえわな」

「父を二度失って得たのは、おまえだった」

「俺だってそうだ。兄貴みたいな恩人を亡くして、得たのはあんただよ」

「……私は零泉と同じだった。家族が欲しくて居場所が欲しくて……私もいずれ、ああなるのかもしれない」

「俺もあんたの親父さんを悪く言う資格はねえ。同じ穴の狢だ。だからもし、俺が羅刹鬼になったらあんたが始末してくれよ」

「嫌だ」

即答すると、彼は露骨に顔を顰める。

「どうにか元に戻す方法を探す。身内に銃を向けるなんて、もう嫌だからな」

「身内ね」

紫煙を燻らせて、紫蜂は楽しそうに笑う。

　すると部屋のドアが叩かれる。返事をすると、小さくドアを開けて色葉が遠慮がちに声を掛けてきた。

「お嬢様、旦那様。夜野様がお見えでございます」

「さて来たぞ。次はどんな事件だろうな」

「こっちは本調子じゃねえんだわ。お手柔らかに頼むぜ」

この物語はフィクションです。
実在の人物、団体等とは一切関係がありません。
本作は、書き下ろしです。

片瀬由良先生へのファンレターの宛先

〒101-0003　東京都千代田区一ツ橋2-6-3　一ツ橋ビル2F
マイナビ出版　ファン文庫編集部
「片瀬由良先生」係

Fan
ファン文庫

帝都吸血鬼夜話
～少女伯爵と婿入り吸血鬼～

2023年7月20日　初版第1刷発行

著　者　片瀬由良
発行者　角竹輝紀
編集　山田香織（株式会社マイナビ出版）
発行所　株式会社マイナビ出版
〒101-0003　東京都千代田区一ツ橋2丁目6番3号　一ツ橋ビル2F
TEL 0480-38-6872（注文専用ダイヤル）
TEL 03-3556-2731（販売部）
TEL 03-3556-2735（編集部）
URL https://book.mynavi.jp/

イラスト　條
装　幀　山田和香＋ベイブリッジ・スタジオ
フォーマット　ベイブリッジ・スタジオ
ＤＴＰ　富宗治
校　正　株式会社鷗来堂
印刷・製本　中央精版印刷株式会社

 ISBN978-4-8399- 8277-5
Printed in Japan

Fan
ファン文庫

お疲れ女子、訳あり神様に娶られました

甥が拾ってきた（自称）神様が恋人候補!?
恋に奥手な女性のハートフルストーリー

椎奈は17歳のころに姉を亡くし、姉が残した子供を
育てながら働き、15歳まで立派に育て上げた。
突然甥が自称神様を拾ってきて、一緒に暮らすことに!?

著者／猫屋ちゃき
イラスト／大庭そと